इश्क़ के दरमियां

तन्वी सिंह

सन्मति पब्लिशर्स एण्ड डिस्ट्रीब्यूटर्स

ISBN: 978-93-851932-3-1

प्रकाशक
सन्मति पब्लिशर्स एण्ड डिस्ट्रीब्यूटर्स
बी–347, संजय विहार,
मेरठ रोड, हापुड़–245101 (उ0प्र0)
website : www.sanmatiindia.com
email: sanmati555@gmail.com
मो. 8439645104, 09997184964

प्रथम संस्करणः 2018

आवरण
RETROTEK

यह एक काल्पनिक किताब है। स्थानों और संस्थाओं के नामों का प्रयोग केवल कथ्य को प्रमाणिकता प्रदान करने के लिए किया गया है। कहानी में आये सभी चरित्र, नाम और घटनाएं लेखक की कल्पना पर आधारित हैं और इसका किसी भी जीवित या मृत व्यक्ति से किसी भी प्रकार का सम्बन्ध एक संयोग मात्र होगा।

इश्क के दरमियाँ

मोहब्बत के फूल कभी न कभी हर किसी के दिल में खिले होते हैं और आज कल मोहब्बत में लोग बदले की भावना रखने लगे हैं। वो मिले तो अच्छी बात और ना मिले तो कर दो उसे बर्बाद। मोहब्बत ये नहीं होती। ऐसी भावना इंसान को हैवान बना देती है और सच्चे दिल से मोहब्बत करने वाले कभी हैवान नहीं हो सकते और जिस मोहब्बत में हैवानियत आ जाए, इंसानियत मर जाए वो मोहब्बत नहीं हवस होती है।

मोहब्बत हो, तो कैसी हो। मैंने इस किताब में अपनी कल्पना के माध्यम से उस एहसास को बयां किया है कि मोहब्बत में टूटना नहीं है, किसी को तोड़ना नहीं है। क्योंकि सच्ची मोहब्बत सिर्फ लेना नहीं देना जानती है, किसी को तोड़ना नहीं जोड़ना जानती है। 'इश्क के दरमियाँ' में मैंने चाँद और एक लड़की की मोहब्बत की कल्पना की है। अपनी कल्पना से मोहब्बत के एहसास को अल्फाज बनाकर कोरे कागज को रंगीन किया है। मोहब्बत जो बिना उसे देखे उसकी कविताओं को पढ़ते पढ़ते उस शख्स से हो जाए ऐसी कल्पना। जब मोहब्बत में किये वादों को हम टूटकर भी पूरा करते है, किसी की यादों के साथ, कल्पना ऐसी मोहब्बत की दर्द जब इस कदर बढ़ जाए कि मौत का दामन थामने को दिल करे और उस दर्द में डूबकर खुद को खुशियों की गोद में बैठाना, कल्पना ऐसी मोहब्बत की। 'इश्क के दरमियाँ' मैंने इसलिए लिखने की सोची कि आजकल कम उम्र में ही प्यार होने लगा है। लेकिन शायद आजकल जिसे

प्यार कहते हैं, प्यार वो नहीं होता। उन्हें कोई पसंद आ जाए तो लोग समझने लगते हैं प्यार हो गया और अक्सर पसंद को प्यार का नाम दे दिया जाता है। लेकिन प्यार, इश्क, मोहब्बत, चाहत इसे समझने में वक्त लगता है।

इसे गहराई से समझने के लिए खुद को डुबोना पड़ता है। टूटकर, बिखरकर फिर खुद को जोड़ना पड़ता है। जब दो के बीच कोई तीसरा आता है तो वहाँ जलन की अग्नि बढ़ने लगती है। अक्सर ऐसा होता है लेकिन मेरे ख्याल से जिस दिल में मोहब्बत होती है, वहाँ उस अग्नि को नहीं होना चाहिए। और इन्हीं सब बातों को ध्यान में रखते हुए मैंने अपनी कल्पना से मोहब्बत के उस एहसास को लिखने की कोशिश की है, जो मैं सोचती हूँ और जैसा मुझे लगता है। और कहाँ तक मैं उस एहसास को लिखने में सफल हो पायी हूँ, ये आप ही बता सकते हैं।

'जिन्दगी बहुत हसीन है,
बस रास्ते थोड़े कठिन हैं।
मोहब्बत भी खूबसूरत है,
उसे बस समझने की जरूरत है।।'

– **तन्वी सिंह**

भूमिका

'इश्क़ के दरमियाँ' एक ऐसा कहानियों का संकलन है जिसमें जीवन से जुड़े हर पहुलओं का रूप किसी न किसी रूप में देखने को मिल जाता है। 'तन्वी' की रचनाओं में सादगी, सरलता सब चीजों का समावेश देखने को मिलता है। 'इश्क़ के दरमियाँ' की सादगी एक अलग प्रकार की लोकप्रियता और सौदर्यबोधता दर्शाती है, चाहें वो कहानी 'चाँद' हो या 'एक गिलास दर्द'।

'चाँद' में एक लड़की का निश्चल प्यार और उसका चुपके चुपके अपने चाँद से आके मिलना, उसका हर पल ख्याल रखना, एक अलग प्रकार का मानवीकरण देखने को मिलता है। कोसों दूर चाँद और मृत्यु लोक में एक छोटे से घर के दहलीज पे खड़ी लड़की, अद्भुत नजारा।

'इश्क़ के दरमियाँ' में मानो लेखिका द्वारा हर वर्ग के दिल की बात को बड़ी संजीदा तरीके से सजाया गया है।

मैं इनके उज्ज्वल भविष्य की कामना करते हुए, इस संकलन की सफलता के लिए उन्हें बधाई देता हूँ।

– **सूरज मणि**

अनुक्रमिका

11 नंबर की बस

'सही कहा था तुमने
हमेशा साथ निभाऊंगा,
लेकिन नहीं बताया कैसे,
यादों में या हकीकत में।
सही कहा था तुमने...
तन्हाह कभी न छोड़ूंगा,
लेकिन नहीं बताया,
साथ होगा कौन,
आंसूओं के साथ या,
लेकर तेरा हाथों में हाथ
सही कहा था तुमने'

हिंदी की क्लास में एक लड़का यह कविता पढ़ते–पढ़ते खामोश हो गया। सब उसकी ओर देखने लगे।

मैडम ने उसे छूकर पूछा – ''क्या हुआ, कविता खत्म हो गई?'

उसने कहा – ''नहीं।'

'तो आगे पढ़ो।' – 'मैम ने कहा।

वो कागज के टुकड़े को देखता रह गया था। फिर उसने पढ़ना शुरू किया – '

'सही कहा था तुमने
मोहब्बत दर्द देगी,
लेकिन बताया नहीं तुमने,

मुझे देगी या तुम्हें
सही कहा था तुमने
हमेशा तेरे दिल में रहूंगा,
लेकिन बताया नहीं कैसे,
धड़कन बनके या तड़पन बनके,
सही कहा था तुमने'

उसने कविता पढ़कर कागज को मोड़कर अपनी जेब में रख लिया। कविता खत्म होते ही तालियों की गूंज थी।

मैम ने कहा – 'कविता तो बहुत अच्छी है। ये कविता तुमने लिखी है?'

उसका नाम अमर था। उसने कहा – ''नहीं मैम, किसी और की है, लेकिन नाम नहीं मालूम।'

मैम ने उससे आगे कुछ नहीं पूछा। उसे अपनी सीट पर बैठ जाने को कह दिया। बाद में मैम ने अमर से कहा – ''कॉलेज की छुट्टी के बाद क्या तुम पास वाले कॉफी हाउस में मिल सकते हो?'

अमर ने हामी भर दी।

छुट्टी के बाद अमर वहां उनका इंतजार कर रहा था। मैम ने आकर दो कॉफी मंगवाई।

अमर ने पूछा – ''क्या बात है मैम, आपने मुझे यहां क्यों बुलाया है?'

मैम ने कहा – ''अमर तुम कुछ दिनों से बहुत शांत और उदास नजर आ रहे हो और आज जो कविता पढ़ी तुमने, उसमें भी एक अजीब सा दर्द था। कोई बात है क्या जो तुम्हें परेशान कर रही है।'

पहले अमर बात को टालने की बहुत कोशिश की, लेकिन मैम की जिद्द के आगे उसे हारना पड़ा। ना, ना कहते हुए भी उसे बोलना ही पड़ा।

उसने अपनी बात शुरू करते हुए कहा – ''मैम हर सुबह मेरे दरवाजे पर एक छोटा सा बॉक्स आता है। सुबह पहली घंटी बजती है और कोई बॉक्स रखकर चला जाता है। कौन लाता है, कुछ पता नहीं चलता। उस बॉक्स में हर दिन एक कविता होती है। नाम, पता कुछ नहीं लिखा होता, सिर्फ कविता होती है। उसे पढ़कर लगता है कि कोई लड़की है जो मुझे यह बॉक्स हर रोज भेजती है। लेकिन क्यों? यह मालूम नहीं। उस कागज में लिखे हर अल्फ़ाज़ को पढ़कर एक अजीब सा एहसास होता है। पढ़ते ही सिहरन सी होने लगती है। ऐसा लगता है कि मैं किसी कागज पर लिखे अल्फ़ाज़ नहीं, बल्कि लिखने वाले का दिल पढ़ रहा हूं। उस शख्स को पढ़ रहा हूं। उस बॉक्स में कविता के अलावा कुछ नहीं होता। लेकिन कविता ही हर बात कह देती है। उसके हर दिन का एहसास कह देती है कि कल उसने क्या महसूस किया था और क्या सोचा था, क्योंकि वो जो महसूस करती है, अगले दिन सुबह कविता के रूप में वहीं एहसास होते हैं। बस फर्क इतना होता है कि वो सारे एहसास को सजाकर कविता बना देती है।'

मैम ने पूछा – ''लेकिन इतना कैसे पता तुम्हें?

अमर ने कहा – ''एक महीने से पढ़ रहा हूं उसे। हर दिन अलग–अलग एहसास लिखती है।' बोलते–बोलते अमर की आंखें नम हो गईं।

मैम ने कहा – ''उदास ना हो और याद करो कि किस–किस लड़की को तुम जानते हो, जिसे कविताएं लिखना पसंद है।'

अमर ने कहा – ''मैंने बहुत कोशिश की याद करने की, लेकिन कोई ऐसा मेरे ख्याल में नहीं आता। बुरा इसलिए भी लगता है कि मैं उसके खत का जवाब नहीं दे पाता, क्योंकि नाम पता कुछ भी नहीं होता।'

शाम होने वाली थी। मैम ने कहा – ''चलो मैं तुम्हेंह घर छोड़ दूं, वक्त ज्यादा हो गया है और ज्यादा परेशान मत होना, सब ठीक हो जाएगा। पूरे ध्यान से फिर याद करो और कोई भी परेशानी हो तो मुझे फोन कर देना।' मैम उसे अपना नंबर देकर उसे घर तक छोड़कर चली गई।

रात को जब वो अपने बिस्तर पर लेटा और जैसे ही उसकी पलकें झपकीं, उसे महसूस हुआ कि कोई धुंधला सा चेहरा उसके सामने है। जैसे ही अमर ने आंखें खोलीं, वो चेहरा धुएं की तरह उड़ गया। अचानक वो उठ बैठा। उसे समझ नहीं आया कि वो क्या था। हकीकत था या ख्वाब था। लेकिन इस ख्याल ने उसे लिखने पर मजबूर कर दिया। उसने लिखा– '

'हमने उसे जब छुआ था,
कुछ एहसास हुआ था,
सांसें थी वो उसकी या
सिगार का वो धुआं था

हमने उसे जब छुआ था,
कुछ एहसास हुआ था,
घर था वो सितारों का,
या गहरा कोई कुआं था

हमने उसे जब छुआ था,
कुछ एहसास हुआ था,
नकाब था वो उसका या,
सर्द मौसम का कुहा था

हमने उसे जब छुआ था,
कुछ एहसास हुआ था,
पलकें थी वो उसकी या,
मुलायम कोई रुआं था!

हमने उसे जब छुआ था,
कुछ एहसास हुआ था,
हकीकत थी वो 'तन्वी' या,
ख्वाबों का कोई जुआ था।'

उसने कविता लिखी और सो गया। सुबह फिर घंटी बजी। वो दरवाजे पर गया और हर दिन की तरह उस दिन भी बॉक्स रखकर कोई चला गया था। कौन था, ये बात अब तक मालूम नहीं हुई थी। उसने बॉक्स उठाया और अपनी मैम को फोन किया – ''मैम आज फिर...।' इतना कहकर वो खामोश हो गया।

मैम ने कुछ सोचते हुए कहा – ''तुम एक काम करना अगले दिन उसके आने से पहले ही घर के बाहर रहना और छुपकर देखना कि कौन आता है।'

अमर को भी ये बात सही लगी। वो सोचने लगा कि यह ख्याल उसे पहले क्यों नहीं आया। अमर ने कहा – ''ठीक है मैम, कल सुबह मैं ऐसा करता हूं फिर आपसे बात करूंगा।'

अगले दिन बॉक्सि आने से पहले ही वो घर से बाहर निकल गया और छुपकर इंतजार करता रहा। रोज जिस वक्त वह बॉक्स आता था, वह वक्त पार हो गया। दो घंटे बीत गए, लेकिन दरवाजे पर कोई नहीं आया। वो थक–हारकर घर के अंदर आ गया। जैसे ही उसने दरवाजा बंद किया, दरवाजे की घंटी बजी। दरवाजे पर फिर कोई बॉक्स रखकर चला गया था। उसने बॉक्स उठाया और उसमें लिखी कविता पढ़नी शुरू की – '

'कल रात ख्वाबों में भी तुम आए थे,
तुम्हारा चेहरा बिल्कुल साफ नजर आया,
लेकिन जानती हूं मैं, अगर...
मैं तुम्हारे ख्वाबों में आयी... तो
कुछ धुंधला सा दिखता होगा तुम्हें,
क्योंकि तुम्हें तो पता ही नहीं,
कौन हूं मै,
सोचते होगे तुम
क्यों मैं तुम्हें अपने जज्बात भेजती हूं,
अपने दिल की क्यों हर बात भेजती हूं,
है अगर तुम्हारे अंदर भी कोई एहसास,
तो महसूस करते होगे मेरे हर अल्फ़ाज़ को,
पहुंच जाती होगी वो अगर तुम्हारे दिल तक,
तो शायद सुन लेते होगे तुम मेरे दिल की आवाज को'

वो उसके हर दर्द को महसूस करता था लेकिन मजबूर था। वो कुछ कह नहीं पाता। अपने एहसास वो लिखता भी तो भेजता किसे। ये सोचकर उसकी आंखों से दो बूंद उस खत पर गिर पड़ी। शायद अमर को उस लड़की से मोहब्बहत हो रही थी। लेकिन वो लड़की इस तरह खत क्यों भेजती है, ये बात अमर को समझ नहीं आ रही थी।

अगली सुबह फिर दरवाजे पर बॉक्स रखा था, लेकिन इस बार कविता की जगह कुछ और लिखा था।

'मैं जानती हूं कि तुम बहुत परेशान हो और बेताब भी हो ये जानने के लिए कि मैं कौन हूं और क्यों तुम्हें हर दिन खत लिखती हूं। कल तुम कोशिश कर रहे थे ये जानने की कि कौन आता है तुम्हारे दरवाजे पर। इसके लिए तुमने दो घंटे इंतजार भी किया। लेकिन मेरी मजबूरी है कि मैं तुम्हें ये नहीं बता सकती। तुम्हारी बेताबी कम हो, इसलिए कुछ शब्द लिख रही हूं। शायद उन शब्दों को पढ़कर तुम्हें कुछ याद आ जाए।

वो शब्द हैं – '

'मुझे लव पोएम बहुत अच्छी लगती हैं,

मैं लिख नहीं पाता, लेकिन पढ़ना बहुत पसंद है।'

यही वो दो लाइन हैं जो तुम्हारी बेताबी कम कर सकती हैं, अगर तुम्हें याद आ जाए तो।

तुम्हारी.....

वो कुछ देर चुपचाप सोचता रहा और अचानक उसके दिमाग में एक नाम आया 'शालिनी'। उसे याद आया कि जब दोनों 12वीं में पढ़ते थे, तब शालिनी से ही उसने ये बातें कही थीं। वहीं है ऐसी जो कविताएं भी

लिखती है। अमर ने तुरंत उसे फोन किया और हेलो बोलते ही शालिनी उसे पहचान भी गई।

शालिनी ने कहा – 'आज इतने साल बाद मेरी याद कैसे आ गई। और मेरा नंबर कैसे मिला?'

अमर ने कहा – 'एक बार तुमने ही दिया था मुझे। आज याद आई तो सोचा कि देखता हूं नंबर बंद तो नहीं हुआ।'

शालिनी बोली – 'चलो कम से कम इतने साल बाद ही सही, मेरा ख्याल तो आया तुम्हें। बताओ, याद आने के पीछे कोई कारण तो जरूर होगा।' अमर को समझ नहीं आ रहा था कि क्या कहे?

फिर कुछ सोचते हुए बोला – ''मैं तुमसे मिलना चाहता हूं आज शाम को।'

शालिनी खामोश रही। कुछ देर बाद बोली – ''ठीक है, लेकिन ज्यादा वक्त नहीं दे पाऊंगी।'

अमर ने कहा – ''जितना भी दोगी, बहुत होगा मेरे लिए।'

फिर मिलने की जगह बताकर उसने फोन रख दिया।

दोनों वक्त पर वहां पहुंच गए। इतने साल बाद एक–दूसरे को देखकर दोनों खुश थे, लेकिन दोनों के लब खामोश थे। दोनों बस एक–दूसरे को देखे जा रहे थे। फिर अमर ने खामोशी तोड़ते हुए कहा – ''शादी के बाद ओर भी खूबसूरत हो गई हो।'

शालिनी धीरे से मुस्कुराई और बोली – 'तुम्हारे चेहरे की रंगत कहां उड़ गई है? लगता है रातभर सोते नहीं हो। कहां खोए रहते हो? अब तो मैं भी नहीं जो तुम्हें जगाती थी।'

अमर बोला – 'तुम नहीं हो, लेकिन हर दिन तुम्हारे जो खत आते हैं हमेशा एक कविता लेकर, वो सोने नहीं देते।'

शालिनी चौंक कर बोली – 'मैं और तुम्हें?

अमर बोला – ''हां, क्योंकि कल के खत में लिखा था कि एक लाइन कहती हूं, जिससे तुम्हें पता चल जाएगा कि मैं कौन हूं। वो लाइन थी – 'मुझे लव पोएम बहुत पसंद हैं। और ये लाइन जब मैंने तुमसे कही थी, उस वक्त तुम ही इतनी अच्छी कविताएं लिखती थीं।'

शालिनी फिर मुस्कुराई और बोली – 'जिस वक्त तुमने मुझे छोड़ा, मैंने कलम छोड़ दी। हां, ये सच है कि मैं तुम्हारे लिए लिखती थी, लेकिन तुमने जब खुद को मुझसे दूर कर लिया तो दिल ने कलम पकड़ने की इजाजत ही नहीं दी।'

अमर की बेचैनी बढ़ गई थी। तभी शालिनी ने पूछा – ''आखिर क्यों छोड़ दिया था तुमने मुझे? तुम जानते थे कि मैं तुम्हें कितना चाहती थी। फिर भी...'

अमर बोला – 'तुम्हारा और मेरा कोई मेल नहीं था। तुम्हें बाद में कोई तकलीफ ना हो, यही सोचकर मैं तुमसे दूर हो गया था। लेकिन आज भी सबसे अच्छा दोस्त मानता हूं तुम्हें। और आजकल मैं थोड़ा परेशान हूं।'

शालिनी ने पूछा – ''क्यों? क्या हुआ?'

जिस खत की मैंने बात बताई तुमसे, उसी की वजह से। फिर अमर ने शालिनी को सारी बातें बता दीं।

शालिनी को भी याद नहीं आ रही थी ऐसी कोई लड़की और लव पोएम वाली बात भी अमर ने सिर्फ उससे ही कही थी। उस वक्त वहां कोई और था भी नहीं।

अमर ने पूछा – ''ऐसी कोई लड़की थी हमारी क्लास या स्कूल में, जो मुझे पसंद करती हो और उसे लिखने का भी शौक हो।'

शालिनी कुछ देर सोचकर बोली – ''एक बार अनु ने जिक्र किया था। वो अक्सर कहती थी कि तुम क्लास के सबसे अच्छे लड़के हो। पढ़ाई के अलावा कहीं ध्यान नहीं देते। लेकिन उसे तो लिखने का शौक बिल्कुल नहीं था। यहां तक कि मैं उसे कोई कविता सुनाती, तो वो कहती कि मुझे तो समझ ही नहीं आता कि तुम ये सब लिखती कैसे हो। तुम लिखती हो ये बहुत बड़ी बात है, लेकिन मेरे दिमाग से बाहर की बात है।'

अमर को बिल्कुल भी याद नहीं आ रहा था। उसने पलटकर पूछा– ''कौन अनु?'

शालिनी ने कहा – ''वही खूबसूरत सी लड़की। बहुत पैसे वाली भी थी। सारे लड़के उसके पीछे थे, लेकिन वो पलटकर किसी की तरफ देखती भी नहीं थी। ना ही कभी किसी के बारे उसने कभी कुछ कहा मुझसे। बस तुम्हारे बारे में ही कभी–कभी पूछा करती थी।'

इतना कहते ही अमर को उसका चेहरा याद आ गया। अमर ने कहा – ''हां, वो गोरी वाली। लेकिन वो रहती कहां है? बताओ, एक बार मैं उससे भी मिल लूं। शायद वो भी मेरी कुछ मदद कर दे उस खत वाली लड़की को खोजने में।'

शालिनी कुछ देर खामोश रही। अमर के बहुत बार पूछने पर उसने कहा – ''एक साल पहले उसका एक्सीडेंट हो गया था, और...' कहते–कहते शालिनी चुप हो गई।

अमर ने फिर जिद्द की – ''बताओ तो, क्या हुआ फिर?'

शालिनी की आंखों में आंसू थे और उसके होंठ इजाजत नहीं दे रहे थे ये शब्द कहने को। बड़ी हिम्मत करते हुए उसने कहा – ''वो अब इस दुनिया में नहीं है।'

अमर ने दोनों हाथों से अपना सिर पकड़ लिया। उसकी पलकें भी भीग गई थीं। फिर कुछ सोचकर अमर ने कहा – ''उसका घर कहां है? कहां रहती थी वो?'

पता बताते हुए शालिनी ने कहा – ''पहले मेरे घर से थोड़ी दूरी पर ही रहते थे वो लोग, लेकिन अब पता नहीं, क्योंकि अब मेरी फैमिली भी वहां नहीं रहती है। तुम वहां जाकर करोगे क्या?'

अमर ने कहा – ''एक बार अनु के परिवार वालों से मिलने का मन है। दिल कहता है कि शायद वहां जाकर मुझे उस खत वाली लडकी की कोई जानकारी मिल जाएगी।'

शालिनी ने कहा – ''ठीक है, जाओ। अगर उन लोगों से मुलाकात हो, तो मुझे भी बता देना।'

इतना कहकर शालिनी चली गई। अमर वहां से निकलकर सीधे अनु के घर पहुंचा। किस्मत से उसका परिवार अब भी वहीं रह रहा था। उसे समझ नहीं आ रहा था कि वो अनु के घर में कैसे जाए? किससे मिले? क्या कहे? अमर इन्हीं ख्यालों में खोया था कि अचानक उसे बगल वाली खिड़की की तरफ से आवाज आई – ''काका, इधर आना।'

अमर उस खिड़की के पास पहुंचा। वहां उसने देखा कि अनु की बहुत सी तस्वीरें लगी हुई थीं, और दो लोग आपस में बातें कर रहे थे। शायद अनु के पापा और मम्मी थे। वो अंदर जाने की हिम्मत कर ही रहा था कि अचानक फिर दूसरी खिड़की की ओर से आवाज आई – ''काका मुझे पानी देना जरा।'

अमर उस खिड़की की ओर बढ़ा। उसने देखा, वो लड़की पानी पी रही थी, लेकिन उसका चेहरा नहीं दिख रहा था। अमर ने सोचा कि शायद अनु की बहन होगी, क्योंकि उसे अनु के परिवार के बारे में ज्यादा जानकारी नहीं थी।

वो खिड़की से हटकर घर की ओर बढ़ने ही वाला था कि तभी उसकी नजर कमरे में रखे हुए एक बॉक्स पर पड़ी, जो बिल्कुल वैसा ही था, जैसा हर सुबह अमर के घर के बाहर रखा मिलता है। बॉक्स पर नजर पड़ते ही अमर ठिठक गया। उसे समझ नहीं आ रहा था कि ये क्या हो रहा है? वो खिड़की के पास ही खड़ा था कि तभी उसने देखा कि लड़की ने एक खत उस बॉक्स में रखा और काका को दे दिया। लड़की का चेहरा दूसरी ओर होने की वजह से वह अब भी उसे देख नहीं पाया था। अब अमर वहीं दरवाजे के पास खड़ा हो गया। काका ने जैसे ही दरवाजा खोला, अमर उनके सामने था। उसने चुपचाप वह बॉक्स उनके हाथ से लिया और उस लड़की के कमरे की ओर बढ़ गया। अनु के माता–पिता ने भी उसे नहीं रोका। उनके व्यवहार से लग रहा था कि शायद वो भी उसे अच्छी तरह पहचान रहे थे। अमर यह सब देखकर चौंक गया था।

कमरे की ओर बढ़ते हुए अमर के मन में कई सवाल उमड़ रहे थे कि आखिर कौन है ये लड़की? उसे खत क्यों लिखती है? उसके सभी सवालों के जवाब मिलने का वक्त आ गया था। उसने जैसे ही कमरे का दरवाजा खोला, उसके हाथ से वह बॉक्स छूट गया। कमरे में कोई और नहीं, अनु थी। वो अपने दोनों पैर खो चुकी थी और व्हील चेयर पर बैठी थी। दोनों एक–दूसरे के सामने थे। उस पल के एहसास को वहीं समझ सकता है, जिसने मोहब्बत की हो कभी। दोनों की आंखों में आंसू थे और दिल में खुशी। अमर इतने दिनों से बेचैन होकर जिसे ढूंढ रहा था, वो उसे मिल गई थी, लेकिन कुछ सवालों का जवाब अब भी नहीं मिला था।

अमर अनु के पास गया और बोला – ''तुम यहां हो और सबने कहा कि तुम...'

अनु ने कहा – 'गई थी भगवान से मिलने, लेकिन ये समझ लो कि भगवान ने अभी मिलने से मना कर दिया और जब उनके पास से लौट रही थी, तो रास्तें की ठोकरों से मेरी 11 नंबर की बस हमेशा के लिए खो गई।

अमर के सवाल खत्म नहीं हो रहे थे। उसने फिर पूछा – ''तुम तो लिखती नहीं थी कभी। शालिनी ने बताया कि तुम्हें नफरत थी कविताओं से। तुम्हें समझ भी नहीं आती थीं कविताएं। फिर ये....'

वो बोली – 'जब पूरी तरह टूट गई, कोई न मिला ऐसा, जिससे अपना दर्द कह सकूं, तो दिल ने कहा कि कह नहीं सकती, लिख तो सकती हूं। बस यूं ही लिखते–लिखते एक कविता बन गई। फिर अचानक तुम्हारी एक बात याद आई कि तुमने शालिनी से कहा था कि तुम्हें लव पोएम बहुत पसंद है। तुम्हें लगा होगा कि तुमने ये बात सिर्फ उससे कही

थी, लेकिन सुनने वालों में मैं भी थी। तुम दोनों को ही इस बात का पता नहीं था कि वह बात किसी तीसरे ने भी सुनी है। फिर तुम्हें याद करके मैं कविताएं लिखती रही और तुम्हें भेजती रही, क्योंकि तुम्हारे अलावा किसी और का ख्याल ही नहीं आया। पहले सिर्फ तुम मुझे अच्छे लगते थे, लेकिन तुम्हें अपने जज्बात भेजते–भेजते मेरे अंदर मोहब्बत के फूल खिलने लगे। हमेशा सोचती थी कि काश तुम ढूंढते–ढूंढते मेरे पास आ जाओ। लेकिन फिर ये सोचकर हंसी भी आती कि मैं नाम, पता कुछ लिखती ही नहीं, तो तुम आओगे कैसे? ये भी सोचती थी कि पता नहीं मेरी कविताएं तुम्हें पसंद भी आती होंगी या नहीं। कहीं ऐसा तो नहीं कि मेरे जज्बात तुम कूड़े में फेंक देते हो। ये सारे ख्याल हमेशा आते लेकिन दिल ने कभी ये इजाजत नहीं दी कि तुम्हें अपने एहसास ना भेजूं।'

अमर खामोश होकर उसे देख रहा था।

अनु ने कहा – ''कुछ बोलोगे तुम?'

अमर उठा और अनु को उसके माता–पिता के पास ले जाकर बोला – ''मैं आपकी बेटी से शादी करना चाहता हूं। जानता हूं कि आपके जितनी हैसियत नहीं है मेरी, लेकिन पूरी जिंदगी आपकी बेटी के लिए 11 नंबर की बस बनकर रहूंगा।'

फिर क्या, हो गई उन दोनों की शादी।

'और जिस तरह से अनु अपने दर्द से
कोरे कागज को रंगीन करती रही
उसी तरह उसका दर्द भी अल्फ़ाज़ बनकर
उसकी सादी जिंदगी को रंगीन दिया।'

चांद हथेली में

वो चांद को और चांद उसे रोज देखा करता। रात होते ही हंसिका छत पर चली जाती चांद के दीदार को और चांद भी बेताब रहता उससे मिलने को। वो भी अधूरी थी, वो चांद भी अधूरा था। अपने टूटे दिल की दास्ताा हर रात चांद को सुनाती और चांद बड़े गौर से उसे सुनता। जिस रात हंसिका की आंखों से मोती झरते, वो चांद भी उदास होकर बादलों में छिप जाता। फिर हंसिका जब कहती – ''तुम क्यों उदास होकर चले गए?' तो चांद फिर उसके सामने आ जाता। दोनों में दोस्ती बहुत गहरी हो गई थी।

जैसे–जैसे चांद पूरा होता, हंसिका भी पूरी होती जा रही थी। उसका टूटा दिल भी जुड़ रहा था, क्योंकि उसे एक प्यारा दोस्त मिल गया था। वो दोनों एक–दूसरे के बिना अधूरे थे। हंसिका को छत पर आने में थोड़ी देर हो जाती तो चांद घबरा जाता था। फिर उसके इंतजार में कभी बादल में छिपता तो कभी बाहर निकल आता। उसके आते ही चांद की बेचैनी खत्म हो जाती। दोनों एक–दूसरे से बहुत बातें करते और कभी–कभी खामोश होकर एक–दूसरे में खो भी जाते। जब हंसिका चली जाती तो चांद रातभर उसकी याद में जागता। जब हंसिका सोती तो चांद खिड़की से उसे रातभर देखा करता। शायद चांद को उससे मोहब्बत हो गई थी। चांद को भी समझ नहीं आ रहा था कि हंसिका का इंतजार वो क्यों करता है। क्यों उसके नहीं आने पर इसका भी बादलों से निकलने का मन नहीं करता। चांद हमेशा सोचता कि बहुत सी लड़कियां हैं तो उसे बहुत चाहती हैं। हर रोज उसके निकलने का इंतजार करती हैं। उसकी

रोशनी कितनों को पसंद आती है, लेकिन उसे हंसिका से इतना लगाव क्यों है? हंसिका हर रात अपने घरवालों से छिपकर छत पर चांद से मिलने आती थी। चांद यही सोच रहा था कि कहीं हंसिका से उसे प्यार तो नहीं हो गया है। उसी वक्त हंसिका चांद के पास आ गई। चांद आधा बादलों में और आधा बाहर था। वो समझ गई कि चांद किसी बात से परेशान है। हंसिका ने पूछा, तो वो मायूस होकर बोला – ''कुछ नहीं।'

वो बोली – ''पहले चेहरे से अपने मायूसी तो हटाओ।'

इतना कहते ही चांद बादलों से पूरा बाहर निकल आया।

हंसिका ने कहा – ''कहीं तुम्हें मुझसे प्यार तो नहीं हो गया? चांद खामोश रहा और हंसिका मुस्कुराकर बोली – ''मुझे भी लगता है कि क्योंकि मैं भी तुम्हाकरे साथ ही पूरी हो रही हूं। अगर कुछ नहीं होता, तो यूं हर रात मैं छुपकर तुमसे मिलने नहीं आती।' चांद की चमक बढ़ने लगी थी। तारे अपने दोस्त की खुशी देखने के लिए इकट्ठा हो रहे थे और चांद जैसे अपने एहसास हंसिका से बयां करने वाला था कि तभी हंसिका के पापा ने उसे बुला लिया। वो सॉरी बोलकर चली गई और चांद रातभर इंतजार करता रहा।

अगले दिन हंसिका बहुत खुश थी। उसने अपने दिल की बात चांद से कह दी थी। उसे लग रहा था कि वो पूरी हो चुकी है। वो छत पर गई तो उसने देखा कि आज चांद भी पूरा था। हंसिका बोली – ''वाह, आज मुझे एहसास हुआ कि मैं पूरी हो गई और आज तुम भी पूरे हो।'

चांद ने कहा – ''क्योंकि तुम अधूरी थी, तो मैं भी था। तुम पूरी हुई, तो मैं भी पूरा हो गया।'

हंसिका ने कहा – ''जिस दिन तुम पूरे होते हो, उस दिन को पूर्णिमा कहते हैं ना?'

चांद ने कहा – ''हां, पूर्णिमा का चांद कहते हैं मुझे और उस दिन मैं स्मार्ट लगता हूं ना, इसलिए लड़कियां बेताब रहती हैं मुझे देखने के लिए।'

चांद के ऐसा कहते ही दोनों खिलखिलाकर हंसने लगे और फिर चांद ने कहा – ''मैं देखने में अभी पूरा हूं, लेकिन अंदर से अभी अधूरा हूं और जब तक अपने दिल की बात तुमसे न कह दूं, अधूरा रहूंगा और कल से कुछ दिनों के लिए मैं तुमसे दूर जा रहा हूं। 15 दिन बाद तुमसे मिल पाऊंगा। आज आखिरी रात है और मैं अधूरा होकर नहीं, पूरा होकर जाना चाहता हूं। जब तुमसे मिला था, मैं अधूरा ही था। लेकिन तुमसे मिलने के बाद अब पूरा हो गया। कल से 15 दिन तक मैं तुम्हें देख नहीं सकता, इसलिए तुम अपना ख्याल रखना और वैसे भी हम ना भी मिलें, एक–दूसरे को ना भी देखें, तो भी मोहब्बत कभी कम नहीं होगी। क्योंकि तुम मेरे दिल में और मैं तुम्हारे।'

चांद ने बड़े प्यार से पूछा – ''मैं चाहता था कि आज की रात तुम मेरे साथ ही रह सकती हो, अगर तुम्हें कोई तकलीफ न हो तो।'

हंसिका की आंखों में आंसू थे, लेकिन होठों पर मुस्कान लेकर बोली – ''बुद्धू, मुझे क्यों तकलीफ होगी। तुम चाहते हो तो पूरी रात छत पर ही तुम्हारे साथ, तुम्हारे पास रहूंगी।'

और उस रात हंसिका छत पर ही सो गई। सुबह उसके पापा छत पर आए, तो देखा कि हंसिका सोई है। वो बोले – ''बेटा तू छत पर क्यों सो गई थी?'

उसे कुछ देर तक समझ नहीं आया कि क्या बोले। लेकिन फिर बोली – ''हां पापा, नीचे थोड़ी गरमी लगी और नींद भी नहीं आ रही थी तो छत पर आकर सो गई।' फिर दोनों नीचे चले गए।

फिर हर रात वो छत पर जाती थी। वो जानती थी कि चांद नहीं आएगा, फिर भी थोड़ी देर ही सही, वो जाती, आसमां देखती और लौट आती थी। चांद के जाने के दसवें दिन हंसिका के पापा बोले – ''बेटी तेरे लिए एक लड़का देखा है। मेरे दोस्त्ते के रिश्तेदार का बेटा है। उन लोगों ने तेरी तस्वीर देखी, तो तू उन्हें पसंद आ गई है और ये लो, ये लड़के की तस्वीर है, तुम देख लेना। तुम्हें जैसा लगे, जो मन में हो, एक–दो दिन में मुझे बता देना। हंसिका अपने परिवार को बहुत प्यार करती थी, जैसे सभी करते हैं। और दूसरा कारण था कि हंसिका के अलावा उनकी कोई दूसरी औलाद नहीं थी। लड़के की तस्वीर लेकर हंसिका अपने कमरे में चली गई। पापा के कहने पर उसने तस्वीर देखी और बगल में रखकर रोने लगी। वो सोच रही थी कि क्या करे? चांद से मोहब्बत तो करती थी, लेकिन किसी को बता भी नहीं सकती थी। किसी को भी बताती तो शायद सब उसे पागल समझते। इसलिए वो किसी से कुछ कह नहीं सकती थी। उसे समझ नहीं आ रहा था कि बिना चांद से बात किए, वो कैसे पापा से कुछ बोले। उसने पापा से कहा कि पांच–छह दिन में जवाब देगी। पापा मान गए।

चार दिन बाद चांद वापस आया। हंसिका दौड़ती हुई छत पर गई और वो दोनों एक–दूसरे से यूं मिल रहे थे जैसे कितने वर्षों बाद मिले हों। हंसिका के आंसू थम नहीं रहे थे।

चांद ने कहा – ''मैं आ गया वापस, अब रोना बंद करो। देखो मैं तुम्हारे पास हूं।'

फिर भी जब हंसिका रोती रही, तो चांद गुस्सा हो गया और बोला ठीक है, तो मैं जा रहा हूं और वो बादल के पीछे छिप गया। चांद जब उसकी आंखों से ओझल हो गया तो वो अपने आंसू पोंछते हुए बोली – ''ठीक है, नहीं रोती, आ जाओ वापस।'

इतना कहते ही चांद बादलों से मुस्कुराता हुआ निकल आया। चांद ने हंसिका से जब उसका हाल पूछा तो वो उदास आवाज में बोली– ''क्या, बताऊं कि तुम्हाकरे जाने के बाद क्या–क्या हुआ।'

चांद थोड़ा घबरा गया और बोला – ''बताओ क्या हुआ?

हंसिका बोली – ''पापा ने मेरे लिए एक लड़का देखा है। उन लोगों मैं पसंद हूं और पापा ने मेरी राय मांगी है।' इतना कहकर वो खामोश हो गई। दोनों कुछ देर खामोश रहे।

फिर चांद ने पूछा – ''तो तुमने क्या जवाब दिया।'

वो बोली – ''मैं तुम्हारे आने का इंतजार कर रही थी। इसलिए मैंने कुछ दिन का वक्त मांगा था। क्योंकि तुमसे बिना बात किए मैं कुछ नहीं कह सकती।'

चांद ने पूछा – ''तुम्हें लड़का पसंद है।' हंसिका खामोश रही और चांद उदास तो था, लेकिन हंसिका को उदास वो कभी नहीं देख सकता था। वो अपना दर्द छुपाकर मुस्कुरा कर बोला – ''ठीक है, मत बताओ, लेकिन उस शहजादे की तस्वीर तो दिखाओ।'

हंसिका जाकर तस्वीर लाई और चांद तस्वीर देखकर बोला– ''लड़का तो हीरो है। एकदम मस्त, तुम्हारी तरह। और सच में राजकुमार जैसा है। तुम दोनों की जोड़ी भी बहुत जमेगी।'

हंसिका ने गुस्से में चांद की तरफ देखा। चांद फिर मुस्कुराया और बोला – ''अरे मैं तो तुम्हारे चेहरे की उदासी खत्म करना चाहता हूं और तुम गुस्सा हो रही हो।'

चांद ने कहा – ''तुम मुझे एक बात बताओ, तुम्हें पापा को जवाब देना है, इसलिए परेशान हो ना। मेरी तरफ देखो, मैं समझता हूं तुम्हें। मैं तुमसे कुछ सवाल करता हूं, सही जवाब देना।'

चांद – ''प्यार करती हो मुझसे?'

हंसिका – ''हां।'

चांद – ''अपने मां–बाप से मेरे बारे में बता सकती हो?'

हंसिका – 'नहीं।

चांद – 'मुझसे शादी कर सकती हो?

हंसिका – 'नहीं।'

चांद – 'मैं तुम्हारे घर से तुम्हें अपने साथ ले जा सकता हूं?'

हंसिका – 'नहीं।'

सवाल करने के बाद चांद ने कहा – 'अब परेशानी क्या है। जवाब तुम्हारे पास ही है। अपने पापा को शादी के लिए हां कह दो और मैं तो हमेशा तुम्हौरे साथ रहूंगा। हां, लेकिन जानता हूं कि जितना वक्त तुम्हारे साथ बिताता हूं, उतना तो अब शायद नहीं मिले। लेकिन क्या करूं, आसमां से उतरकर जमीं पर मैं आ भी नहीं सकता।'

ऐसा कहते ही हंसिका के शरीर पर बारिश की पांच–छह बूंदे गिरीं। उसे पता चल गया कि चांद रो रहा है, लेकिन वो बोलेगा नहीं। हंसिका भी रोने लगी। हंसिका के रोते ही बारिश तेज हो गई। हंसिका चांद की बारिश में भीगती रही। दोनों जी भरकर रोए और फिर चांद बादलों से निकला नहीं उस रात। हंसिका भी अपने कमरे में जाकर सो गई।

अगले दिन उसने अपने पापा से बोल दिया कि वो शादी के लिए तैयार है। वो लोग बहुत खुश हुए और शादी की तैयारियों में लग गए। आज फिर वो चांद से मिलने गई। चांद उसका इंतजार कर रहा था। उसने पूछा – 'क्या हुआ, आज इतनी देर से आई हो। हंसिका ने बताया कि लड़के वाले आए थे शादी की तारीख रखने।'

उसने पूछा – 'कब है?'

जवाब था – 'परसों।'

'इसलिए उदास हो।' चांद ने दर्द को छिपाते हुए झूठी मुस्कुराहट अपने होठों पर बिखेर कर बोला। हंसिका खामोश थी।

चांद ने कहा – 'एक बात कहना चाहता हूं। अगर पसंद आए तो मान लेना, न आए तो मना कर देना।' हंसिका चांद की हर चाहत पूरी करना चाहती थी। उसने चांद को अपनी बात कहने की इजाजत दे दी।

चांद ने कहा – 'शादी के बाद या शादी से पहले कभी उदास मत रहना, क्योंकि मैं नहीं चाहता कि मुझसे मोहब्बत करके तुम उदास रहो। जिस तरह तुम मुझे मिली थी, उदास, अधूरी, किसी की यादों में खोई, रोई थी। अगर फिर वैसी रहोगी तो उस इंसान में और मुझमें क्या फर्क रह जाएगा। तुम कहती हो कि मुझसे मिलकर तुम पूरी हो गई हो। पूरा होने

का मतलब उदास होना नहीं होता। अगर तुम ऐसे उदास रहोगी तो मैं समझूंगा कि तुम झूठ बोल रही थी। तुम आज भी अधूरी हो, जैसे मुझसे मिलने से पहले थी। मैं चाहता हूं कि तुम मुझसे मोहब्बत करती हो तो अपनी मुस्कान कभी कम न होने देना। जानता हूं कि दर्द बहुत होता है। तकलीफ होती है मोहब्बत के जुदा होने पर और चाहकर भी हम आंसू नहीं रोक पाते, लेकिन क्या करोगी। मोहब्बत को समझने के लिए दर्द से होकर गुजरना पड़ता है और तुम्हारी जिंदगी में जो वक्त आ रहा है, उसे दिल से जीना और हर दिन को मजे में जीना क्योंकि ये वक्त दोबारा लौटकर नहीं आएगा। इसलिए मायूस होकर ये वक्त मत गंवाना और मैं तुमसे मोहब्बत करता हूं, सौदा नहीं। मैं तो हमेशा तुम्हारे साथ रहूंगा, जब दिल करे देख लेना। और अफसोस तुम्हें किस बात का है? ना मैं तुम्हारा हमसफर हो सकता हूं, ना तुम मेरी। तुम जानती हो ये सब, इसलिए कभी ये मत सोचना कि तुमने ऐसा क्यों किया? क्यों मुझे छोड़ा? मैं खुश हूं, क्योंकि तुमसे बहुत मोहब्बत करता हूं और इसलिए चाहता हूं कि तुम सबकी नजर में सम्मान के साथ रहो और अपना हर फर्ज दिल से निभाओ। क्योंकि मोहब्बत देना जानता है, छीनना नहीं।'

हंसिका खामोश होकर उसकी बातें सुनती जा रही थी। चांद की आंखें नम थीं और नम आंखों से उसने कहा – 'देखो मेरी तरफ और अब तो मुस्कुरा दो या मैं फिर चला जाऊं।'

चांद जैसे ही बादलों में जाने वाला था, हंसिका ने कहा – 'मैं नहीं रो रही, मत जाओ अभी।'

चांद ने कहा – 'मेरे जाने का वक्त हो चुका है। तुम जाओ, सो जाओ। बहुत देर हो गई है।'

वो अपने कमरे में चली गई। परसों उसकी शादी थी और शादी से एक दिन पहले की रात वो चांद से मिलकर अपने कमरे में आई और बैठकर रोने लगी क्योंकि कल से वो किसी और की होने वाली थी। वो रो रही थी कि अचानक उसने देखा कि उसके कमरे की खिड़की के पास कोई खड़ा था। वो उसे देखती ही रह गई। क्योंकि वैसी सूरत वाला लड़का उसने आज तक नहीं देखा था।

उसने पूछा – 'आप कौन हो और यहां कैसे आए?'

लड़का बोला – 'चांद।'

हंसिका ने घबराहट में फिर पूछा – 'कौन हो तुम?'

उसने कहा – 'चांद, तुम्हारा चांद। जिससे हर रात तुम मिलने जाती हो और अभी जिसे तुमने आसमान में देखा था। तुम्हारे लिए जमीं पर उतरकर आया हूं, तुम्हारे ये आंसू पोंछने।' चांद ने आसमां की ओर इशारा करते हुए कहा – 'देखो, है कहीं चांद आसमां में?

और सच में हंसिका को आसमां में चांद नहीं दिखा। वो रोती हुई अपने चांद को देख रही थी और चांद उसके आंसू पोंछ रहा था। हंसिका उसके गले लगकर और जोर से रोने लगी। दोनों की आंखों की बरसात थम नहीं रही थी। यूं लग रहा था कि काश ये रात बस उन दोनों के नाम हो जाए। कुछ देर बाद दोनों एक–दूसरे के आंसुओं को खुद में समेटकर खामोश हो गए।

चांद ने हंसिका के हाथों में कुछ दिया और कहा – 'इसे हमेशा अपने गले से लगाए रखना। ये मेरी आखिरी ख्वोहिश है क्योंकि मैं फिर जमीं पर उतरकर नहीं आऊंगा। पहली और आखिरी बार आया हूं। तुम्हें कोई तोहफा भी नहीं दिया आज तक और इसलिए ये तोहफा तुम्हारी

शादी के लिए लाया हूं। और हां, ये कीमती मोती कभी अपनी आंखों से झरने मत देना।'

हंसिका ने जैसे ही अपनी हथेली खोली, तो तोहफे में आधे चांद का टुकड़ा था। तोहफा देखकर जैसे ही उसने अपना चेहरा ऊपर उठाया, चांद ओझल हो चुका था। वह बेचैन होकर खिड़की से इधर–उधर देखने लगी। तभी अचानक उसकी नींद खुल गई। उसने देखा कि सुबह हो चुकी थी। उसे समझ आ गया था कि उसने जो कुछ देखा, वो एक सपना था। लेकिन उसे खुशी थी कि सपने में ही सही, लेकिन चांद से उसकी मुलाकात तो हुई। तभी उसका ध्यान अपने हाथों पर गया। चांद का दिया तोहफा सचमुच उसकी हथेली में था। वो उसकी जिंदगी की सबसे खूबसूरत रात थी। अब वो खुश थी। आज उसकी शादी थी। शादी धूमधाम से हुई और विदाई भी रात को ही होने लगी क्योंकि उसने अपने पापा से कह दिया था कि जब चांद आसमान में हो, तभी उसकी विदाई हो जाए। वो ऐसा चाहती थी, क्योंकि ये चांद की चाहत थी। चांद ने कहा था – 'मैं तुम्हें शादी के जोड़े में देखना चाहता हूं और विदा करना चाहता हूं।' हंसिका ने गाड़ी में बैठकर आसमान की ओर देखा। चांद आज बाहर से अधूरा था। दोनों एक–दूसरे को देखते रहे। चांद को देखकर हंसिका ने कहा। –

'जानती हूं आज दिल तेरा भी टूटा है,
पर अपनों के लिए तुझे तोड़ना पड़ा,
हुई थी पूरी तेरे पहलू में आकर,
और तुझे ही आज अधूरा छोड़ना पड़ा।'

डायरी जेल में

वह अपनी गाड़ी से जा रही थी कि अचानक एक साइकिल वाला उससे टकरा गया। वह उस लड़के को समझा ही रही थी कि उसने पुलिस को फोन कर दिया। पुलिस आई, लड़की पुलिस वाले से बहस करने लगी। पुलिस वाले ने उसे थाने में ले जाकर गुस्से में हवालात में बंद कर दिया। वो लड़की चुपचाप बैठी रही और पुलिसवाला कुर्सी लगाकर वहीं बैठा उसे देखता रहा।

शाम हुई तो उस लड़की से बोला – 'घर जाओ। लड़की उससे विनती करने लगी कि कृपया मुझे दो दिन और रहने दो जेल में। पुलिसवाले को समझ नहीं आ रहा था कि वो क्या करे? फिर वो मान गया और दो दिन तक उसे जेल में रहने का आदेश दे दिया। उस लड़की की वजह से वो भी पूरी रात जेल में रुकता। वो लड़की दिन–रात डायरी लिखती रहती। क्या लिखती थी, ये किसी को पता नहीं था। जब वो रात को सोती, तभी पुलिसवाला भी सोता था। लड़की का ख्याल रखना उसकी जिम्मेदारी सी बन गई थी।

दो दिन तक ना वो अच्छी से खा पाया, ना सो पाया। दूसरे दिन रात को किसी काम से उसे शहर के बाहर जाना था। वो लड़की से बोला– 'चलो मैं तुम्हें घर छोड़ देता हूं। मुझे बाहर जाना है।'

वो लड़की उस रात भी जाने को तैयार नहीं थी। बोली – 'आज रात और यहीं रहने दो।'

पुलिसवाले को चिंता हो रही थी। समझ नहीं आ रहा था कि कैसे उसे छोड़कर जाए। फिर एक हवलदार को उसकी देखभाल की जिम्मेदारी देकर चला गया। अगले दिन उस लड़की के पिता उसे लेने पुलिस स्टेशन आए, जो तीन दिन से शहर से बाहर गए थे। वो बहुत गुस्से में थे। वो उस हवलदार पर चिल्लाए जा रहे थे। हवलदार बहुत डर गया और उस पुलिसवाले को फोन कर सबकुछ बताया। पुलिसवाले को सुनकर थोड़ा अजीब लगा। वो बोला – 'मैं शाम तक आता हूं, उसे घर पहुंचा दूंगा।'

इतना सुनते ही लड़की के पिताजी भड़क गए। हवलदार ने फिर फोन करके पुलिसवाले को बताया कि लड़की के पिताजी बहुत गुस्से में हैं। पुलिसवाले ने लड़की को छोड़ने का आदेश दे दिया। हवलदार ने लड़की को बाहर निकाल दिया। लड़की अपने पापा को समझाने लगी – 'पापा इनकी गलती नहीं है। मैंने खुद जिद्द करके यहां रहने की अनुमति मांगी थी।'

कुछ देर में उसके पिताजी का गुस्सा शांत हुआ और दोनों घर चले गए। शाम को वो पुलिसवाला आया और बैठकर बहुत देर तक उस जेल को देखता रहा। शायद उसे उस लड़की की याद आ रही थी। फिर वो उठा और जेल के अंदर गया और पीछे पलटा, तो दीवार पर लिखा था–

'मालूम है मेरी याद तुम्हें ले आएगी यहां,
लेकिन मेरे जाने के बाद मुझे ढूंढोगे कहां।'

वो जेल से बाहर आया और हवलदार से पूछा कि लड़की ने जाने से पहले कुछ कहा था क्या?

हवलदार ने कहा – 'वो जाते–जाते कुछ नंबर बोलकर गई थी कि मैं आपको बता दूं?'

पुलिसवाले ने पूछा – 'क्या नंबर था?'

हवलदार बोला – 'सर मैंने लिखा तो नहीं था, लेकिन मुझे याद है।'

उसने बताया – '989....... ।'

पुलिसवाला बोला – 'ये तो नौ ही अंक हैं। एक और अंक क्या है?'

हवलदार ने चौंकते हुए कहा – 'पता नहीं सर, लेकिन जहां तक मुझे याद आ रहा है, उसने नौ ही अंक बोले थे।'

पुलिसवाले को समझ नहीं आ रहा था कि वो करे तो क्या करे? फिर उसने दिमाग लगाया कि अंतिम अंक शून्य से नौ के बीच ही तो होगा। उसने नंबर लगाना शुरू किया। कभी कोई बुजुर्ग औरत फोन उठाती, तो कभी कोई लड़का, कभी कोई बच्ची। लेकिन जब उसने सात लगाकर देखा तो उधर से कोई आवाज नहीं आई। एक खामोशी सी थी। पुलिसवाला हेलो, हेलो बोलता रहा।

जैसे ही वो फोन रखने वाला था, तभी दूसरी तरफ से आवाज आई – 'आखिर हमारी याद आ ही गई अंश बाबू।'

वो मुस्कुरा रहा था। बोला – 'नहीं, बस यूं ही देख रहा था कि नंबर किसका है।'

शीतल बोली – 'मैंने तो सिर्फ नौ ही नंबर दिया था, दसवां आपने इतनी मेहनत करके क्यों खोजा?'

अंश बोला – 'बस देख रहा था कि कहां हो, घर पर या फिर किसी जेल में जाकर लिखने लगी।'

फिर दोनों हंसने लगे।

शीतल बोली – 'मैं एक बार मिलना चाहती हूं।'

अंश ने कहा – 'क्यों?' लेकिन अंदर ही अंदर वो भी मिलना चाहता था। सवाल तो शायद सिर्फ इसलिए कर दिया था कि इस बहाने शीतल के मन की कुछ थाह मिल जाए।

शीतल बोली – 'कल मिलते हैं।' फिर वक्त और जगह बताकर उसने फोन रख दिया। अगले दिन शीतल वक्त से पहले पहुंचकर उसका इंतजार कर रही थी और अपनी डायरी में कुछ लिख रही थी। अंश के आते ही उसने लिखना बंद कर दिया।

अंश ने पूछा – 'क्या हुआ? ऐसा क्या लिख रही थी, जो मेरे आते ही तुमने बंद कर दिया?'

शीतल बोली – 'कुछ नहीं, बस बैठे–बैठे एक कविता मन में आने लगी थी। कुछ बातें यूं ही कोरे कागज पर उतरने की कोशिश में थीं।'

वो बोला – 'क्यों मैं तुम्हारी कविता नहीं देख सकता? क्यों तुम लेखिका बनना चाहती हो?'

शीतल ने कहा – 'मैं कोशिश करती हूं अपने एहसासों को अल्फ़ाज़ बनाने की।'

अंश ने कहा – 'तो फिर दिखाओ। मैं भी तो देखूं कि क्या् लिखती हो? कैसा लिखती हो?'

शीतल ने पन्ना अंश के आगे कर दिया। उसमें लिखा था –

'वो वक्त भी अजीब था,

जब दर्द दिल के करीब था,
कैसे बताऊं कितना तड़पा था दिल,
जीने में कितनी होती थी मुश्किल,
खुद को संभालती भी तो कैसे,
सीने में खंजर डाला हो किसी ने,
लगता था ऐसे...
शायद यही मेरा नसीब था,
लेकिन वो वक्त भी अजीब था,
जब दर्द दिल के करीब था,
वो कुछ कह नहीं पाता,
खामोश रहकर हर दर्द वो सह जाता,
वो मासूम सा दिल रोता रहा,
दर्द के आगोश में सोता रहा,
छुपा के उसका दर्द ये लब मुस्कुरा लेते,
चुपके से उसका गम आंखों से बहा लेते,
बैचेनी जब तड़पाती थी,
जुबां उसका दर्द कह जाती थी,
ऐसे जुड़े थे वो मासूम दिल के साथ,
दर्द जब बढ़ता, उठते थे हाथ,
लिखने को कुछ ऐसे अल्फ़ाज़,
जो खोल देते हैं दिल के राज,
वो न दिल का रकीब था,
बस वो वक्त भी अजीब था,

जब दर्द दिल के करीब था।'

वो कविता पढ़कर अंश को महसूस हुआ कि अभी भी मोहब्बत का दर्द शीतल के करीब है। उसने पूछा – 'ये तुम्हारा दर्द है या किसी ओर का?'

वो मुस्कुराई और उसकी मुस्कान देखकर अंश समझ गया कि इस छोटी सी मुस्कान में बहुत सी बातें छिपी हैं।

उसने बोला – 'अब बताओ वो वक्त जब दर्द तुम्हारे दिल के करीब था।'

शीतल मना नहीं कर पाई और बताना शुरू किया.....

कॉलेज में किसी से मोहब्बत हो गई थी, बस एक–दो बार बात हुई थी और मैंने उसे अपने एहसास का पता भी दे दिया था, लेकिन शायद उसे मैं पसंद नहीं थी। क्योंकि उसे लगता था कि मैं बोरिंग हूं। सबको पता था कि मुझे लिखने का शौक है और उसे लिखने वाली नहीं घूमने वाली पसंद थी। उसने मना कर दिया और उसी वक्त से मेरी कलम की स्याही और गहरी हो गई। जब दिल को कोई छू जाए तो अल्फ़ाज़ की गहराई कुछ ज्यादा ही हो जाती है। फिर भी मैं इंतजार करती रही कि शायद मेरे एहसास को वो समझेगा और आकर गले लगाकर इजहार करेगा। लेकिन वक्त को कुछ और मंजूर था। एक साल के इंतजार के बाद पता नहीं क्या हुआ और उस दिन से मैंने उसे याद करना और उसके बारे में सोचना छोड़ दिया। लेकिन यादें हैं कि मिटती ही नहीं। अचानक यहां बैठे–बैठे वो वक्त याद आ गया, वो दर्द याद आ गया। और उसे कम करने के लिए और बाहर निकालने के लिए कलम का सहारा ले लिया।'

अंश खामोश होकर उसे देख रहा था। उसकी बातें खत्म हो गईं लेकिन अंश की निगाहें उसके चेहरे से नहीं हट रही थीं। उसने अपनी चुप्पी तोड़ते हुए पूछा – 'कौन था वो?'

शीतल ने कहा – 'बस अब मैं उसका नाम नहीं ले सकती। वो हक मुझे अब नहीं। वो किसी और का हो गया है तो क्या फायदा।'

अंश ने भी ज्यादा जिद्द करना सही नहीं समझा क्योंकि शीतल के होठों पर मुस्कुराहट तो थी, लेकिन आंखों की नमी भी छिप नहीं रही थी।

अंश बोला – 'मैं घर जा रहा हूं, मेरे भाई की शादी है। तुम भी चलो मेरे साथ।'

शीतल बोली – 'मैं कैसे जा सकती हूं, वो भी तुम्हारे साथ?'

वो बोला – 'क्यों नहीं? दोस्त तो हैं ना हम? तुम्हारा भी मूड अच्छा हो जाएगा। शायद इधर–उधर जाने से नई यादें जब आने लगें, तो पुरानी यादें भी शायद मिटने लगें।'

वो बोली – 'लेकिन पापा मुझे जाने नहीं देंगे और मैं कहूंगी क्या?'

अंश बोला – 'उनसे कहना कि मेरी दोस्त की शादी है।'

वो बोली – 'कोशिश करूंगी।'

शीतल ने अपने पापा से पूछा तो वो मान गए और अंश के घर जाने की इजाजत भी मिल गई। शीतल अंश के साथ उसके घर चली गई। शादी में दोनों ने खूब मस्ती की। शीतल शादी होने के बाद जाने की जिद्द करने लगी तो, अंश ने रिसेप्शन तक के लिए रोक लिया। ये कहकर कि एक दिन रुक जाओ, फिर मैं भी तुम्हारे साथ चलूंगा। अगले दिन रिसेप्शन था। पार्टी चल रही थी। शीतल स्टेज पर किसी से बात कर रही थी कि अचानक अंश पीछे से आया और बोला – 'शीतल इनसे मिलो, ये

हैं मेरे बड़े भैया और भाभी।' शीतल ने जैसे ही पलटकर देखा, उसकी आंखें खुली की खुली रह गईं।

अंश ने फिर कहा – 'मेरे सबसे प्यारे राजीव भैया और मेरी स्वीटी भाभी।'

राजीव और शीतल एक–दूसरे को देखते रह गए। वो राजीव ही था, जो शीतल के दिल के करीब था। दोनों ने अजनबियों की तरह एक–दूसरे से हाथ मिलाया। शीतल बहाना करते हुए वहां से भीड़ की ओर चली गई।

उस वक्त उसके भीतर क्या हलचल हो रही होगी कि वर्षों बाद बीता दर्द फिर उसके सामने आ गया था। राजीव ने शीतल से बात करने की कोशिश की, लेकिन शीतल ने उसे मौका नहीं दिया। पार्टी खत्म होने के बाद फिर वो अपने कमरे में बैठी कुछ लिख रही थी, कि अचानक अंश आया और बोला – 'तुम जाग रही हो?' अंश की आवाज सुनते ही उसने कलम रोक दी।

अंश ने पूछा – 'क्या लिख रही हो?'

शीतल ने कहा – 'कुछ नहीं।'

अंश बोला – 'मुझे दिखाओ। मुझे तुम्हारी कविता अच्छी लगती है। प्लीज दिखाओ।'

शीतल मना नहीं कर पाई। उस कविता के अल्फ़ाज़ थे –

'जिंदगी की भीड़ में अजनबी बनकर,
थामा था उसने हाथ मेरा,
हर राह, हर मुश्किल में,
दिया था उसने साथ मेरा,

फिर वक्त की ऐसी आंधी चली,
सब कुछ लुटता चला गया,
हम बिखरते चले गए, वो टूटता चला गया,
वो समंदर का उफान था,
आया और हमें डूबोता चला गया
कहते हैं सब जख्म वक्त के साथ भर जाते हैं,
सच्ची मोहब्बत करने वाले हर दर्द सह जाते हैं,
तैरकर हम किनारे आ पहुंचे
ढूंढने की कोशिश की उसे इतनी,
नजर जहां तक जा पहुंचे
वक्त बीतता चला गया,
दर्द के साथ हम भी बढ़ते चले गए,
कहां मालूम था कब वो हमारे सामने आएंगे
बैठे थे हम इंतजार में कि,
एक दिन वो हमारा हाथ थामने आएंगे
ये वक्त का ही तो खेल था,
जो आज उनके कोई और साथ था,
हाथों में उनके किसी और का हाथ था,
ये हमने कहां सोचा था
कि उनसे कभी ऐसे बात होगी,
मुद्दतों के बाद,
फिर एक अजनबी सी मुलाकात होगी।'

कविता पढ़ने के बाद अंश ने देखा कि शीतल उदास थी। उसने पूछा – 'क्या बात है? तुम उदास क्यों हो? कहीं वो दर्द तुम्हें फिर से तकलीफ तो नहीं दे रहा है?'

वो बोली – 'नहीं, बस थोड़ी सी थकान है। सो जाऊंगी तो ठीक हो जाएगा।'

और उसने कुछ नहीं बताया। अंश बोला – 'ठीक है, सो जाओ। कल निकलना भी है।'

यह कहते हुए अंश चला गया।

अगली सुबह अंश उठा, तो उसके बगल में शीतल की डायरी रखी थी। उसे समझ नहीं आया कि यह डायरी यहां क्यों है? घर में हर जगह उसने शीतल को खोजा, लेकिन वो नहीं मिली। उसने घर में सबसे उसके बारे में पूछा भी, लेकिन सबका यही जवाब था कि रात के बाद से किसी ने शीतल को नहीं देखा। वो दौड़ा हुआ अपने कमरे में आया और शीतल को फोन मिलाया। उसका नंबर बंद था। अंश ओर परेशान हो उठा कि आखिर शीतल गई कहां? फिर उसकी नजर डायरी पर पड़ी। उसने उसे खोला तो उसमें सिम कार्ड तोड़कर रखा हुआ था। सिम कार्ड शीतल का ही था। उसने डायरी का अगला पन्ना खोला और उसके होठों पर मुस्कुकराहट फैल गई।

डायरी में कुछ ऐसा था, जिसे देखते ही अंश के उदास चेहरे पर हंसी आ छा गई। उस पन्ने पर अंश की तस्वीर थी, जो शीतल ने बनाई थी, बिल्कुल वैसे ही, जैसे वो पुलिस स्टेशन में अपनी कुर्सी पर बैठता है। तस्वीर के नीचे लिखा था – 'याद है मुझे वो मुलाकात जब तुमसे हुई थी, याद है मुझे वो रात भी, जब मेरे सो जाने पर तुम मुझे चादर से ढंक देते

थे और मेरे सोने के बाद ही तुम अपनी कुर्सी पर सो जाते और जब तुम सो जाते तो मैं तुम्हें बहुत देर तक देखती रहती और फिर उसी वक्त ये तस्वीर मेरी आंखों से पन्ने पर उतर गई। तुम्हारा वो ख्याल रखना, तुम्हारा वो झूठा गुस्सा। कहते थे, चली जाओ, लेकिन दिल से नहीं। मेरे लिए दो दिन तुम पुलिस चौकी से बाहर नहीं गए, मैं जेल के अंदर थी, लेकिन लगा उस दिन आजाद थी। थोड़ी देर के लिए जब तुमने मुझे उस जेल में बंद किया तो लगा कि एक रात रहकर देख लूं। जब एक रात रही, तो तुम्हारा ख्याल रखने का तरीका और कुर्सी पर बैठकर सोना देख तुम्हारी तस्वीर बनाने का दिल चाहा और दूसरी रात वही तस्वीर पूरा करने के लिए रुकी थी। फिर तुम कब मुझसे मिले बिना, चले गए, पता ही नहीं चला। लगा कि बस ये तस्वीर ही रह जाएगी। लेकिन तुमने खोज लिया। ये सब क्या था, पता नहीं, लेकिन जो भी था, बहुत खूबसूरत था। तुम अच्छे लगने लगे थे। लेकिन तुमसे कुछ कहे बिना जा रही हूं, क्योंकि वो दर्द जो वर्षों पहले मिला था, कल रात फिर सामने आ गया। वो कोई और नहीं तुम्हारे भैया थे और मैं कभी उस दर्द को सामने नहीं देखना चाहती। मैं तुम्हें बताए बिना जा रही हूं, इसलिए माफ कर देना। लेकिन वो जज्बात मैं छोड़कर जा रही हूं, अपनी डायरी, जो मैंने जेल में लिखी थी तुम्हारे लिए।

मैं मुसाफिर हूं, मेरा इंतजार मत करना,
याद आए तो भी मेरी यादों से प्याबर मत करना।'

अंश के चेहरे की उदासी खत्म हो गई थी। एक अजीब सी खुशी थी उसके चेहरे पर। लग रहा था उसे नई जिंदगी मिली हो। वो उसी वक्त तैयार हुआ। उस डायरी को अपने बैग में रखा और ये सोचते हुए निकला –

'तुमसे दूर होकर न जाने किधर जाऊं

तुम्हीं आती हो नजर, मैं जिधर जाऊं
तेरे एहसासों से महकती है जिंदगी मेरी
तेरी खातिर कांटों से भी मैं गुजर जाऊं
एक बार जो थाम ले तू हाथ मेरे सनम
तेरे इश्क़ की खुशबू से मैं संवर जाऊं
तू यकीं तो कर मेरी मोहब्बत पर हमदम
वो मौसम हूं मैं, जो तेरे लिए ठहर जाऊं
तू छिप जाए चाहे जहां, जिस गली में दिलबर
बनके चाहत तुझे ढूंढने मैं हर शहर जाऊं।

दूरी नकाब से

बालकनी चारों तरफ से फूल के गमलों से भरी हुई थी और मौसम में भी नमी थी। सूरज बादलों में छिपा था, लेकिन बारिश की बूंदें अभी जमीं पर गिरी नहीं थीं। उसी बालकनी में कुर्सी पर बैठा दीपक आसमान की ओर देख रहा था। आसमान देखते–देखते जैसे ही उसकी पलकें झपकीं, उसके कानों में किसी की आवाज सी गूंजी। किसी लड़की की आवाज थी और वो आवाज कहीं पास से ही आ रही थी। वह उठा और आवाज की ओर बढ़ा। आवाज दीपक के घर के पास वाले कॉलेज से आ रही थी। उसने देखा कि एक लड़की नकाब से चेहरा ढंके हुए कविता पढ़ रही थी। दीपक दूर से उसे देखता रहा। फिर तालियों की गूंज उसके कानों में पड़ी। अचानक जैसे वह किसी नींद से जागा। तब उसे ध्यान आया कि वह एक पार्टी में आया था। वहां एक औरत गाना सुना रही थी। सब गाने की तारीफ कर रहे थे। दीपक कुछ समझ नहीं पा रहा था।

उसने सपने में सुनी हुई कविता की लाइन बोलकर अपने दोस्त से पूछा – 'मेरी आंख लग गई थी, इसलिए गाना नहीं सुन पाया। गाने के बोल यही थे क्या?'

दोस्तों ने कहा – 'नहीं इन्होंने कुछ और सुनाया था। तू तो सपने में ही खोया रहता है।'

फिर पार्टी खत्म हुई और सब अपने–अपने घर चले गए।

दीपक सुबह उठकर अपनी बालकनी में पहुंचा, तो उसे वही सपना याद आ गया। दिन में वह उस कॉलेज में पहुंचा और वहां कुछ लोगों से उस लड़की के बारे में जानने की कोशिश की। एक लड़की, जो कविता

लिखती हो और जिसने कभी नकाब ओढ़कर कविता पढ़ी हो किसी प्रोग्राम में।

सबका यही कहना था कि सर इतने बड़े कॉलेज में यह बता पाना तो मुश्किल है। और जहां तक प्रोग्राम की बात है, तो अभी तक तो ऐसे किसी प्रोग्राम में ऐसी कोई लड़की नहीं दिखी है। दीपक ने रिसेप्शनिस्ट अपर्णा के पास जाकर भी वही सवाल किया।

अपर्णा ने उससे पूछा कि आप ऐसी लड़की को ढूंढ क्यों रहे हो?

दीपक ने अब तक इसका जवाब किसी को नहीं दिया था, लेकिन शायद अब वो भी थक गया था, इसलिए उसने अपर्णा को सारी बात बता दी। अपर्णा ने उसे सांत्वनना देते हुए कहा कि आप परेशान न हों, जैसे ही मुझे ऐसा कुछ पता चलेगा, मैं आपको बता दूंगी। दीपक ने अपर्णा से आग्रह किया और अपना नंबर देकर चला गया। उसके जाने के बाद अपर्णा भी सोच में पड़ गई कि वो ऐसी लड़की को खोज रहे हैं, जिसे उन्होंने सपने में देखा है, वो भी नकाब से पीछे से।

दीपक रोज कॉलेज में जाकर अपर्णा से पूछता। शाम को फोन करके भी तसल्ली करता था, लेकिन हर बार जवाब 'ना' ही मिलता। एक दिन वो ऑफिस गया, तो एक लड़की ने उसे प्रपोज कर दिया। यह लड़की कोई और नहीं, उसकी सबसे अच्छी दोस्त, श्रेया थी। कुछ साल पहले भी उसने दीपक से अपनी मोहब्बत का इजहार किया था, लेकिन दीपक ने उसकी मोहब्बत नहीं, सिर्फ दोस्ती को अपनाया था। श्रेया ने भी बिना कोई शिकायत किए दोस्ती का फर्ज निभाया। हमेशा अपनी मोहब्बत को दबाकर जीती रही। आज बहुत वक्त बाद उसने फिर हिम्मत करके दीपक को प्रपोज कर दिया था। इस बार शायद दीपक भी दोबारा उसका

दिल नहीं तोड़ना चाहता था, इसलिए उसने हामी भर दी। श्रेया ने हमेशा उसका साथ दिया था, इसलिए वो फिर उसका दिल नहीं तोड़ सकता था। उसने यह भी सोचा कि जिस सपने के पीछे वो भाग रहा है, वो पता नहीं हकीकत है भी या नहीं। उस सपने की वजह से अपनी सबसे अच्छी दोस्त का वह दिल नहीं तोड़ना चाहता था।

धूमधाम से दोनों की शादी हो गई। सब कुछ अच्छा चल रहा था। दोनों बहुत खुश थे। एक दिन दीपक ने श्रेया को नकाब वाली लड़की के बारे में बताया। श्रेया ने पूछा कि क्या अब तक नहीं मिली?

दीपक ने कहा – 'नहीं। और तुमसे शादी के बाद मैंने कभी पता भी नहीं किया। ना अपर्णा से पूछा कभी, ना ही उस कॉलेज में गया।'

श्रेया बोली – 'चलो आज देखते हैं चलकर। शायद कुछ पता चला हो अपर्णा को। अगर वो लड़की मिल जाती है, तो तुम्हें भी तुम्हारे सवालों के जवाब मिल जाएंगे कि तुम्हारे सपने में क्यों आई थी? कौन थी? और अब तक भी नहीं पता चला होगा, तो मान लेना कि बस कोई सपना था और भूल जाना हमेशा के लिए।'

दोनों उस कॉलेज में गए। अपर्णा को दीपक ने श्रेया से मिलवाया और बताया कि सालभर पहले दोनों ने शादी कर ली।

अपर्णा ने कहा – 'तभी तो मैंने सोचा कि आप नकाब वाली लड़की को खोजने भी नहीं आए और फोन भी नहीं किया। खैर, आप दोनों को बहुत–बहुत बधाई।'

श्रेया ने पूछा – 'कुछ पता चला?'

अपर्णा ने कहा – 'नहीं मैम। ऐसी कोई लड़की इस कॉलेज में नहीं हैं। अगर होती तो मैं सर को बहुत पहले ही बता देती। बहुत

कोशिश के बाद पता चला कि ऐसी कोई लड़की इस कॉलेज में नहीं है। इसलिए सॉरी सर। वो सिर्फ एक ख्वाब ही था। अब आप उस ख्वाब और नकाब से दूर हो जाइए।'

दोनों वापस आ गए। दीपक थोड़ा उदास था, लेकिन उसे भूलने लगा था। श्रेया को उसने बताया भी सिर्फ इसलिए था, क्योंकि वो कोई बात छुपाता नहीं था। कुछ दिन बाद, रविवार के दिन उस कॉलेज से कुछ आवाजें सुनाई दे रही थीं। कभी किसी लड़के की तो कभी किसी लड़की की, जो आपस में गीत, गजल और चुटकुले सुना रहे थे।

दीपक ने पूछा – 'कहीं कोई प्रोग्राम हो रहा है किया?'

श्रेया ने बताया – 'यहीं पास वाले कॉलेज में ही साहित्य का प्रोग्राम है।'

दोनों बातें कर ही रहे थे कि अचानक दीपक खामोश हो गया।

श्रेया ने पूछा – 'क्या हुआ?'

दीपक ने कहा – 'तुम ये आवाज सुन रही हो?'

श्रेया ने कहा – 'हां, क्यों?'

दीपक ने कहा – 'ये वही आवाज है जो मेरे सपने में आई थी और इसी आवाज का पीछा करते मैं उस कॉलेज में गया था।'

श्रेया बोली – 'तो चलो जल्दी, देखते हैं कि वो कौन है?'

दोनों कॉलेज में पहुंच गए। दर्शकों की भीड़ जमा थी। दोनों मंच के पास पहुंचे, तो मंच खाली था। शायद कुछ वक्त के लिए प्रोग्राम को रोका गया था। वो दोनों चारों तरफ घूम रहे थे। वो दोनों मंच पर गाने वाली उस लड़की के बारे में किसी किसी से पूछने ही वाले थे कि तभी मंच से फिर वही आवाज आई।

दोनों ने पलटकर देखा, तो देखते रह गए। वही आवाज थी, जो दीपक ने सपने में सुनी थी। लेकिन सपने में नकाब की वजह से वो चेहरा नहीं देख पाया था।

श्रेया ने पूछा – 'क्या यही है वो?'

दीपक ने कहा – 'वही आवाज है। बिल्कुल उसी अंदाज में यह लड़की भी बोल रही है। मंजर भी वही है। मैं ऐसे ही भीड़ में खड़ा होकर उसे पढ़ते हुए सुन रहा था। ये मंजर देखकर दिल कह रहा है कि ये वही है।'

मंच पर कोई और नहीं, बल्कि अपर्णा थी।

दीपक अपर्णा को सुने जा रहा था और खुद बोले जा रहा था। उसने मेरी तड़प, मेरी बेचैनी देखी थी उस लड़की के लिए कि कितना परेशान था मैं उसे ढूंढने में, लेकिन एक बार भी उसने नहीं बताया। मैं हर दिन आता यहां। हर दिन उसे फोन करता। हमेशा उस चेहरे को अपने सामने लाकर सोचता था। दीपक अपर्णा की तरफ देखकर बोले जा रहा था।

श्रेया दीपक के चेहरे को बड़े गौर से देख रही थी। दीपक की आंखें भीगने लगी थीं, अपना एहसास बयां करते–करते।

श्रेया ने दीपक का हाथ थामते हुए कहा – 'जवाब मैं भी जानना चाहती हूं कि अपर्णा को जब सब पता था तो उसने तुम्हें बताया क्यों नहीं? एक शिकायत तुमसे भी है कि शादी से पहले तुमने मुझे ये बात क्यों नहीं बताई?'

दीपक ने कहा – 'मुझे लगता कि मैं एक ख्वाब के पीछे भाग रहा हूं। उसकी हकीकत का मुझे कोई अंदाजा नहीं था और मैं दोबारा तुम्हारा दिल नहीं तोड़ना चाहता था।'

श्रेया ने कहा – 'एक बात मैंने भी तुमसे छुपाई है कि मैंने शादी के लिए अचानक तुमको क्यों प्रपोज किया था?'

दीपक बोला – 'मैं समझा नहीं।'

श्रेया ने कहा – 'मेरे पास एक खत आया था, तुम्हें शादी के लिए प्रपोज करने से पहले। खत में लिखा था कि दीपक भी तुमसे बहुत प्यार करता है, लेकिन कहता नहीं। इसलिए तुम उसे शादी के लिए प्रपोज करो, क्योंकि उसके इंतजार में रहोगी तो पूरी जिंदगी इंतजार में गुजर जाएगी। उसमें ये भी लिखा था कि इस खत के बारे में दीपक को मत बताना। खत लिखने वाले का नाम भी नहीं था। मुझे नहीं मालूम था कि तुम किसी और को ढूंढ रहे हो।'

प्रोग्राम खत्म होते ही दीपक ने अपर्णा को फोन किया और कॉलेज के बाहर मिलने को बुलाया। अपर्णा इस बात से अंजान थी कि दीपक जान चुका है कि वो नकाब वाली लड़की वही है। अपर्णा ने वहां पहुंचकर पूछा – 'सर आप लोग यहां? मैंने तो पहले ही बताया है कि यहां ऐसी कोई लड़की नहीं है।'

दीपक और श्रेया, अपर्णा को कुछ देर खामोश देखते रहे।

दीपक अपनी खामोशी तोड़ते हुए बोला – 'तुमने मुझसे झूठ क्यों बोला कि ऐसी कोई लड़की नहीं है, बस मेरा ख्वाब है?'

अपर्णा हल्की मुस्कान के साथ बोली – 'मैं एक ख्वाब ही तो हूं। हकीकत तो आपके बगल में खड़ी है।'

श्रेया ने पूछा – 'लेकिन तुमने बताया क्यों नहीं कि वो लड़की तुम ही हो?'

अपर्णा ने कहा – 'आप सच जानना चाहते हैं, तो सुनिए। जिस दिन पहली बार आप आए थे, मैं उसी दिन समझ गई थी आप किसे खोज रहे हैं। इसीलिए मैंने कहा था कि मैं खोजकर बता दूंगी। मुझे बहुत खुशी हुई थी कि किसी ने मुझे ख्वाबों में देखा मेरी कविताओं के साथ। लेकिन हमारे बीच एक नकाब था, जिसकी वजह से आप मुझे पहचान नहीं पा रहे थे। एहसास मेरे अंदर भी जगने लगे थे। यहां किसी को मेरे बारे में मालूम नहीं था कि मैं कविता, गीत लिखती हूं, क्योंकि आजतक मैंने किसी प्रोग्राम में हिस्सा नहीं लिया था। आज मेरा पहला प्रोग्राम था। इसीलिए कोई आपको उस लड़की के बारे में नहीं बता पाया। आप हर दिन आते थे और मैं इंतजार कर रही थी कि शायद वो नकाब आपके ख्वाब से हटेगा और आप मुझे पहचान लेंगे। मैं हर बार कहती कि मैं ढूंढकर बताऊंगी। मैं आपकी मोहब्बत की बेताबी देख रही थी और आपकी बेताबी के साथ मेरी मोहब्बत भी बढ़ रही थी। एक दिन आपके बारे में पता करते–करते मैं आपके ऑफिस पहुंच गई, आपको अपने दिल का हाल बताने। वहां जाकर पता चला कि आप श्रेया मैम के साथ बाहर गए हैं। श्रेया मैम, जो आपसे बहुत प्यार करती हैं। पहले आपने इनके प्यार का प्रपोजल भी ठुकरा दिया था और जिंदगीभर दोस्ती का वादा किया था। इतना सब होने के बाद भी श्रेया मैम पूरी शिद्दत से आपसे प्यार करती रहीं। इस उम्मीद में कि कभी तो आप उन्हें अपना प्यार दोगे एक हमसफर की तरह। इसीलिए मैंने एक बेनाम खत उन्हें भेजा। खत में मैंने उन्हें आपको फिर से प्रपोज करने को कहा। मुझे पूरा भरोसा था कि इस बार आप उनका दिल नहीं तोड़ेंगे। मैं

चाहती थी कि उन्हें वो प्यार मिले, जिसकी वो हकदार हैं। मैं तो कुछ दिन पहले ही आपसे मिली थी, लेकिन श्रेया मैम तो बरसों से आपके प्यार का इंतजार कर रही थीं। किसी का दिल तोड़कर अपना दिल जोड़ना मैंने सीखा ही नहीं था। उनकी मोहब्बत, मेरी मोहब्बत से बहुत गहरी है। इसलिए अपने दिल को हल्की सी चोट देकर मैंने उनकी जिंदगी खुशियों से भर दी। रब हमें वही देता है, जो हमारे लिए अच्छा होता है। श्रेया मैम से अच्छा हमसफर आपके लिए कोई नहीं हो सकता। वो दोस्त भी हैं, प्यार भी हैं और हमसफर भी हैं। ये तीनों रिश्ते किसी एक शख्स में बहुत किस्मत वालों को मिलते हैं। जानती हूं कि मोहब्बत के एहसास कभी खत्म नहीं होते, लेकिन धीरे–धीरे वक्त के साथ कम हो ही जाते हैं।'

अपर्णा की बात खत्म होते–होते तीनों की आंखों के आँसू पलकों के दरवाजे खोल बाहर आ गए थे। अपर्णा ने दोनों को गले लगाया और अपने सफर पर निकल गई। आज दीपक के उस ख्वाबों वाले चेहरे से नकाब तो हट गया था, लेकिन एक दूरी हमेशा के लिए बन गई थी।

एक गिलास दर्द

वो घुटन, वो तड़प, वो दर्द तुम क्या जानोगे, जो जाने कितने वर्षों से अपने अन्दर छुपाकर बैठी हूं और तुम कहते हो मुझे क्या मालूम मोहब्बत क्या होती है? वो जुदाई, वो कुर्बानी, वो दिल के जख्म, जो अपनी मुस्कुराहट से मैं छिपाती रही और खुद ही मरहम लगाती रही कि कहीं फिर से वो जख्म ताजे न हो जाएं। ये आँखे कभी किसी के सामने बरसी नहीं, न कभी हर किसी से अपने दर्द की दास्ताँ बयां की। इसलिये लोगो ने समझा कि मुझे एहसास ही नहीं कि मोहब्बत क्या होती है। दिल को पत्थर सा बना लिया कि फिर कभी ये टूटे ना और कोई कभी इस पत्थर से टकराने की गुस्ताखी न करे। तुम क्या जानो किस तरह अपने दर्द को अपनी मुस्कान से छिपाया, उन्हें आँसू बनके आँखों से बहने ना दिया। क्योकि अगर वो बह जाते, तो सारे दर्द वो कह जाते और मेरा दिल किसी से अपना दर्द नही कहना चाहता। ये आँखे सुर्ख नहीं हुई थी। ये बरसती थी लेकिन रात के अंधेरो में। जब भी हाथ इबादत के लिए उठते थे, ये आँखे तब भी बरसती थी। और तुम कहते हो कि मुझे क्या मालूम मोहब्बत क्या होती है।

तुम कहते हो वो तुम्हे छोड़ कर चली गयी,
तुम्हें तोड़ कर चली गयी।
तो तुमने खुद को टूटने क्यों दिया।
'शायद तेरी मोहब्बत उसके लिए कम पड़ गयी,
इसलिए तेरी आँखें आज नम पड़ गयी।'

तो क्या तुम्हारे ऐसे रोने से वो तुम्हे मिल जाएगी? तुम कहते हो तुम उसके बिना जी नही सकते.. तुम्हारे मरने से वो तुम्हे मिल जाएगी? तुमने पूछा उससे वो तुम्हे छोड़ कर क्यों जा रही है। इस तरह बच्चों की तरह रोना बंद करो और पूरी बात बताओ हुआ क्या है।

वो इसी तरह लगातार मुझे डांटती रही।

मैंने गुस्से में आँसू पोंछते हुए शराब की बोतल उठाई और दो घूंट अपने अन्दर उतार ली। फिर सिगरेट को जलाकर उसके धुएं में अपना दर्द उड़ाया। जैसे ही सिगरेट दोबारा अपने होंठो से लगाने वाला था, उसने मेरे हाथो से सिगरेट छीन ली और अपने पैरों से उसे मसल दी। शराब की बोतल उठाई और उसके हजार टुकड़े कर दिए। ऐसा लगा जैसे हर टुकड़ा मुझे गौर से देख रहा हो। मैं भी उससे अपनी नजर नहीं हटा पा रहा था। लग रहा था वो बोतल के नहीं, मेरे दिल के टुकड़े हैं जमीन पर बिखरे हुए, जिसकी किसी को कोई कदर नहीं। उन टुकड़ो को देख मेरे अन्दर ज्वाला सी फटी और मैं गुस्से में सामान बिखेरने लगा।

'यूं सिगरेट के धुएं से और शराब की घूंट से ये यादें, ये जलन, ये दर्द, ये तड़प, ये बेचैनी नहीं मिटेगी।' उसकी आवाज में एक आक्रोश था।

मैंने पीछे पलट के देखा वो मुझपर चिल्लाये जा रही थी। ऐसा लग रहा था, जाने उसके अन्दर कितने वर्षों से कुछ दफन है। ऐसा दर्द जो कभी उसके दिल से बाहर न आया हो।

वो बोलती रही– 'कुछ देर तुम्हें शायद ये भुलाने में मदद कर सकती है, लेकिन जीने में नहीं। जिस शराब को तुम जीने का सहारा समझ रहे हो, वो हर दिन तुम्हें मारती जाएगी। ये सिगरेट जो जल के

राख हो जाती है, एक दिन इसी तरह तुम भी राख हो जाओगे इस धुएं से।'

उसकी बातें मेरे दिल को कुरेद रही थी। सारे दर्द जैसे उबलने लगे और आँखों से दर्द की बारिश होने लगी। मैं घुटनों पे बैठ कर रोता रहा। जाने क्यों वो बारिश थम नहीं रही थी। आखे बंदकर सिर नीचे करके मैं रोता रहा और वो मुझे देखती रही। आँखें खुलीं तो सिरहाने एक गिलास में पानी रखा था। मैं समझ नही पाया, मैंने पूछा कि ये क्या है? मुझे प्यास नहीं लगी।

वो धीरे से मुस्कुराई और बोली– 'ये पानी नहीं तुम्हारा दर्द है दोस्त...जो इन आँखों से बहा है।'

मुझे यकीन नही हुआ.. मैंने उसे झूठा कहा, तो उसने मेरे फोन में वो वीडियो दिखाई जिसमें मेरी आंखों से बूंद–बूंद टपकता दर्द गिलास में गिर रहा था।

वो मेरे पास आई, मेरे हाथों को थामा और बोली – 'यूं बिखरने न दो इन्हें। समेट लो इस दर्द को और पी जाओ। ये दर्द बहुत कीमती है और यही दर्द तुम्हें सोना बनाएगा। जिस दिन तुम दर्द सहना सीख जाओगे, दर्द के साथ जीना सीख जाओगे। उस दिन से तुम लोगो के दर्द महसूस कर पाओगे। तुम जिंदगी का मतलब समझ जाओगे। सच्ची मोहब्बत जीना सिखाती है। अब तुमपे छोड़ती हूं, तुम जीना चाहते हो या सिर्फ पीना चाहते हो। जीना चाहते हो तो इस दर्द को पी जाओ और पीना चाहते हो तो ये लो शराब और पूरी जिंदगी पीते रहो।'

मैंने उसकी तरफ देखा। उसकी आँखों में एक सच्चाई नजर आ रही थी। लग रहा था उसकी आँखे भी बोल रही हैं कि तुम पीना छोड़

दो। मैंने गिलास उठाया और आंखे बंद कर उस दर्द को पी गया। फिर जब आँखे खुली तो खुद को बिस्तर पे पाया। वहां कोई नहीं था। घर का हर एक समान अपनी जगह पर था। ऐसा लग रहा था जैसे बहुत दिनों बाद किसी गहरी नींद से उठा हूं। यकीन हो गया था कि ये एक ख्वाब था। लेकिन हाथों से तकिये को छुआ तो तकिया गीला था और उसके बगल में एक गिलास में पानी था। बिल्कुल वैसे जैसे मेरे सपने में था। एक मुस्कान के साथ मैंने गिलास उठाया और पी गया। उसके तुरंत बाद फिर नींद ने अपने आगोश में ले लिया।

अगली सुबह जब नींद खुली तो लगा जैसे मेरा नया जन्म हुआ है। एक नयी सुबह बाहें फैलाये मेरा इंतजार कर रही थी। मैं खुद में एक बदलाव सा महसूस कर रहा था। ऐसा लग रहा था जैसे किसी ने जादू से मेरी जिंदगी बदल दी और वो भी एक रात में। मैं हमेशा खुश रहने लगा। मेरे देखने का नजरिया बदल गया। बस चाहत रहती कभी किसी को उदास न होने दूं। सबके होठो पे मुस्कुराहट को सजाता रहूं।

आज एहसास हुआ कि जिसके जाने के गम में मैं अश्कों को बर्बाद कर रहा था, वो तो ख्वाबों में भी नहीं आती और कोई थी जो ख्वाबों में आकर मेरी जिंदगी बदल गई। हर जगह ढूंढता हूँ कि शायद वो कहीं नजर आ जाये। मैं तो अपने गमों में इतना डूबा था कि उसका नाम भी न पूछ सका। आज भी रात में पलकें मिलाता हूं तो इसी उम्मीद से कि शायद वो फिर ख्वाबों में आए और मेरे अधूरे सवालों के जवाब दे जाए।

गरम वाली ठंडी कॉफी

वो चाँद और सूरज के बीच की रात थी। शायद हो रही उनमें कुछ बात थी। नींद खुली तो बरामदे में आकर मैंने आसमां को देखा, सितारे अभी सोये नहीं थे। कुछ देर यूं ही उस अँधेरे को निहारती रही।

'खुद में ही मैं खो गयी थी ऐसे,
सूरज की रोशनी में तारे खो जाते हैं जैसे।'

उस अँधेरे में भी दूर एक रोशनी दिखाई दी। मैं उसी वक्त अपने छत पर दौड़ती हुई गई। न जाने वो कैसी रोशनी थी जो मुझे अपनी ओर खींचे जा रही थी। जैसे ही छत की दहलीज पर अपने कदमों को रखा, ऐसा लगा पूरा बदन बर्फ के समंदर में डूबा हो। वो सर्द मौसम की रात थी। चादर ने तो बरामदे तक साथ दिया था। लेकिन मेरे कदमों की दौड़ में कहीं बीच सफर में वो छूट गई थी। सोचा कि जाकर उसे उठा लूं और फिर उसमें खुद को छुपा लूं। लेकिन दिल ने कहा, कहीं ये मंजर न छूट जाए और फिर पता नहीं ये वक्त कब लौट कर आए। चादर जमीं पर गिरी हुई मुझे देखती रही और मैंने उसे देख मुँह फेर लिया। उसे बुरा तो लगा होगा। वो चादर उड़ कर मेरी आँखों से ओझल हो गई। सर्दी मेरे रोम रोम में समा रही थी। मैं आसमां की उस खूबसूरत रोशनी में खुद को खोती जा रही थी। जिसमें न जाने कैसी कशिश थी। चांदनी सूरज के आगोश में थी। एक दूसरे से यूं लिपटे जैसे ये उनकी आखिरी मुलाकात थी। कौन छिप रहा था, कौन निकलने वाला था, ये मुश्किल था बताना जब तक आप घड़ी की सूई न देखते। वो दोनों आज एक दूसरे से ऐसे

मिल रहे थे जैसे जिंदगी इन्हें एक दूसरे से हमेशा के लिए जुदा कर रही हो। और फिर एक दूसरे से ये कभी मिल नहीं पाएंगे।

प्रकृति उनके मिलन के गीत गा रही थी और तारे भी अपनी आँखे बंद करने लगे थे और एक उजली किरण पूरे आसमां में फैल रही थी।

मेरी आंखों पर वो किरणें पड़ी तो आंखों ने पलकों को धीरे से उठाया। न जाने कब वो मंजर देखते–देखते मैं नींद के आशियाने में चली गई थी। फिर अंगडाई लेते जमीन से उठी। ऐसा लगा जैसे वो मंजर एक ख्वाब था। जब–जब वो दृश्य याद आता बदन में एक सिहरन सी होती।

फिर अचानक कानों में एक आवाज सुनाई दी। सुबह–सुबह कहां चली गई? मैं जल्दी से उठी कि कहीं मां छत पर ना आ जाए और वो चादर न देख ले। मैंने भागते हुए चादर को खुद में समेट लिया। मां सीढियों पर आ गई थी और आश्चर्यचकित हो पूछने लगी – 'आज सुबह–सुबह छत पर कैसे? रोज 8 बजे उठती है और आज....।'

मेरी जुबान लड़खड़ाने लगी। नहीं आज बस ऐसे ही नींद खुल गई तो आ गई ठंडी हवाओं का मजा लेने। सच बताती तो शायद मां मुझे पागल समझने लगती। मां मुस्कुराकर रसोईघर में चली गई। फिर बड़े प्यार से मेरे लिए गरमा गरम कॉफी बनाकर लाई और मै रजाई में लिपटकर बिस्तर पे सो गई थी। मां ने आवाज लगाई, उफ ये लड़की भी न कब क्या करेगी, पता ही नहीं चलता। उठ जल्दी से कॉफी पी ले वरना ठंडी हो जाएगी।

मैंने रजाई के अंदर से ही आवाज लगा दी – 'आप टेबल पर रख दो, मैं पी लूंगी।' और न जाने अचानक कब मेरी आंखों ने नींद को अपने पास बुला लिया। कुछ देर बाद फोन की घंटी से नींद खुली। नींद खुलते

ही याद आई, हाय मेरी कॉफी! कॉफी तो ठंडी हो गई थी लेकिन फिर मेरे दिमाग में एक बात आई कि हर रोज तो गरम कॉफी का मजा लेती हूं तो आज क्यों न ठंडी कॉफी को भी अपने होठों से लगाया जाए क्योंकि कभी कभी ठंडी कॉफी का भी मजा लेना चाहिए और सच गरम वाली ठंडी कॉफी का अपना एक अलग ही मजा होता है। कुर्सी पर बैठे ठंडी कॉफी के मजे मैं लेती रही।

अचानक मेरी नजर वहीं टेबल पर पड़े हरे रंग की कलम पर पड़ी, जो ऊपर से हरा था लेकिन स्याही हरी नहीं थी। फिर सोचा क्यों न इस रंगीन कलम से कागजों को रंगीन किया जाय, उस खूबसूरत दृश्य को कोरे कागज पर उतार कर। वो दृश्य अभी बिल्कुल ताजा था, रोम–रोम में समाया था और फिर मेरी रंगीन कलम उस कोरे कागज को रंगने लगी।

"वो चांदनी जो सूरज के आगोश में थी,
देखती रही मैं उसे जब तक आंखें होश में थीं।
वो मंजर था इतना खूबसूरत,
कि दिल ने आंखों को बंद होने न दिया,
रात थी गहरी लेकिन मुझे सोने न दिया
उनकी मोहब्बत में जैसे मैं संवर रही थी।
उसे एक दूसरे में खोते देख
मेरी रात गुजर रही थी।
उनके इश्क के रंग में दिल रंगीन हो गया,
पता भी न चला 'तन्वी' को,
कब हुई बंद आंखें,
और कब दिन हो गया।"

वो पल तस्वीर बनकर आज भी दिल के आशियाने में यू सज गई है जैसे मोहब्बत मेरे इंतजार में आंखे बिछाए खडी है।

इंतजार पत्थर का

वो नाविक अपनी नाव पर बैठा उसे हमेशा देखता रहता। वो अक्सर घंटों वही किनारे पर बैठी रहती थी और शाम ढले चली जाती थी। वो समझ नहीं पा रहा था कि वो हर दिन यूं ही घाट पर आकर क्यों बैठती है चेहरे पर उदासी लिए।

कई दिन ऐसा होने के बाद एक दिन कुछ सोचकर नाविक उसके पास गया और बोला – 'किसी का इंतजार कर रही हो या किसी को ढूंढ रही हो?'

इतना सुनते ही उसकी पलकों से आंसू निकलने को हो गए लेकिन उसने आंखों को बंद करके उन्हें कैद कर लिया। वो यूंही खामोश अपने हाथों में कुछ थामे बैठी रही। नाविक पूछता रहा लेकिन लड़की ने खामोशी नहीं तोड़ी। नाविक को गुस्सा भी आ रहा था। तभी उसने एक तरकीब सोची। उसे लगा कि लड़की के हाथ में कुछ बहुत खास है। अगर मैं उसे छीन लूं और ना दूं तो शायद मुझे ये सब बता देगी। नाविक ने बड़ी कोशिश के बाद उसके हाथ से वो चीज छीनी और भागने लगा। नाविक दौड़ता हुआ अपनी नाव पर जाकर बैठ गया और लड़की भी दौड़ती हुई वहां आ गई। नाविक नाव को चलाकर बीच नदी में ले गया और लड़की से पूछने लगा – 'बताओ क्या बात है? क्यों तुम उस घाट पर हर दिन बैठती हो और ये क्या चीज है जिसके लिए इतनी बैचेन हो?'

लड़की ने कहा – 'उस चीज को शायद तुमने देखा नहीं।'

सच में वो नाविक उसके हाथों से लेकर भाग तो गया था, लेकिन देख नहीं पाया था। लड़की के कहने पर जब उसने देखा तो वो एक पत्थर था।

नाविक बोला – 'इस पत्थर को लेने के लिए इतनी बैचेन हो। इस मामूली से पत्थर को?'

वो मुस्कुराई और बोली – 'तुम्हारी हथेली में जो पत्थर है वो मामूली नहीं है। उसे ध्यान से देखो।'

नाविक ने ध्यान से देखा। सच में वो मामूली नहीं था।

उस पर लिखा था – 'यहीं मेरा इंतजार करना।'

उस पत्थर को देखने के बाद नाविक लड़की को देखता रहा और लड़की उसे। कुछ देर बाद लड़की ने खामोशी तोड़ते हुए नाविक का नाम पूछा। नाविक का नाम अभिनव था और लड़की का अंशिका। अभिनव ने अंशिका से पूछा – 'ये पत्थर दिया किसने?'

अंशिका ने बताया – 'एक साल पहले मैं उस पार से इस पार आ रही थी। नाव से उतरते वक्त लड़खड़ाकर मैं गिरने ही वाली थी कि मेरे हाथों को किसी ने पकड़ा और बचा लिया। अंधेरा की वजह से मैं उसे देख नहीं पाई। हड़बड़ाहट में मैं नाम भी नहीं पूछ पाई और वो उस पार चला गया। बाद में जब मैंने अपने हाथोंकी तरफ देखा तो ये पत्थर था मेरे हाथों में। उस दिन से हर दिन मैं यहां आती हूं।'

अभिनव ने पूछा – 'लेकिन तुमने उसे देखा ही नहीं तो पहचानोगी कैसे?'

अंशिका ने कहा – 'इस आस पर कि मैंने उसे नहीं देखा पर शायद उसने मुझे देखा हो और पहचान जाए। इस पत्थर को भी मैं यहां

रास्ते पर रख देती हूं कि शायद कोई इसे पहचानता हो। लेकिन वो शायद यहां आया ही नहीं कभी।'

अभिनव को अंशिका की बात सुनकर बहुत तकलीफ हो रही थी कि इतनी मोहब्बत, इतना इंतजार उस शख्स से जिसे उसने देखा नहीं और वो भी सिर्फ एक पत्थर के कारण। अभिनव पढ़ा लिखा था, लेकिन वो नाव चलाता था क्योंकि उसके पिता की आखिरी इच्छा थी कि वह भी उनकी तरह लोगों को उनकी मंजिल तक पहुंचाता रहे।

उस वक्त अंशिका से कहने के लिए उसके पास कोई शब्द नहीं था। उस दिन के बाद से वो रोजाना कुछ वक्त अंशिका के साथ बिताने लगा। धीरे–धीरे वो उसे पसन्द आने लगी थी।

एक दिन जब अभिनव उस पार गया, तो वहां नदी किनारे बैठे एक खामोश शख्स पर पड़ी। वो बस पानी की ओर देख रहा था। अभिनव ने किसी से पूछा तो पता चला कि वो अक्सर यहीं आकर बैठता है और पानी की ओर देखता रहता है। पूछने पर कहता है कि मेरा कुछ खो गया है, लेकिन बताता नहीं है। उसने पूछा कि क्या दिमागी हालत ठीक नहीं है इनकी?

लोगों ने कहा – 'नहीं–नहीं दिमाग बिल्कुल ठीक है और बहुत अच्छा इंसान है। बस उदास है किसी बात से।'

इधर अभिनव को अंशिका से मोहब्बत हो गयी थी। वो एक दिन भी उससे बाते किए बगैर नहीं रह पाता था। अंशिका को भी एक अच्छा दोस्त मिल गया था। अंशिका को लग रहा था कि वो उसकी मदद करेगा। अभिनव जब भी उस पार से आता वो पूछती कि आज किसी ने

उससे पत्थर के बारे में पूछा तो नहीं। वो कुछ कहकर बात टाल देता था। अंशिका की उम्मीद भी वह नहीं तोड़ना चाहता था।

एक दिन अभिनव उस पार गया था उसने देखा कि नदी किनारे खामोशी से बैठने वाला वो इंसान किसी के साथ जा रहा था। अभिनव ने कुछ सोचा और उनका पीछा करते हुए उसका घर देख लिया।

अगले दिन अंशिका उदास सी नदी की ओर देख रही थी कि तभी अभिनव ने पूछा – 'तुम उस पार चलोगी?'

अंशिका ने उसे बड़े आश्चर्य से देखा।

अभिनव ने फिर बोला – 'उस पार चलोगी?'

अंशिका बोली – 'क्यों?'

वो बोला – 'इतना इंतजार किया तुमने, वो इस पार नहीं आया। उस पार चलकर देख लो, शायद मिल जाए।'

अंशिका खुश हो गयी। यूं लगा जैसे उसकी मायूसी, उदासी कहीं उड़ गयी।

फिर मुस्कान छिपाते हुए बोली – 'लेकिन मैंने उसे देखा भी नहीं तो पहचानूंगी कैसे?'

अभिनव बोला – 'एक बार चलकर देखते है। कुछ आइडिया शायद मिल जाए। कल सुबह दस बजे निकलते हैं।'

अंशिका राजी हो गयी। सुबह दोनों निकल गये।

अंशिका ने पूछा – 'तुम्हें अचानक ऐसा क्या लगा जो तुम मुझे उस पार ले जा रहे हो, उसे ढूंढने जिसके बारे में कुछ पता ही नहीं।'

अभिनव बोला – 'कल उस पार मैंने एक आदमी को यूंही उदास बैठा देखा था। कहता है कि उसका कुछ खो गया है। जब मैं लौट रहा

था तो अचानक मुझे ख्याल आया कि इस पार तुम हो, उस पार वो। कहीं तुम दोनों एक दूसरे का ही तो इंतजार नहीं कर रहे हो। इसलिए सोचा तुम्हें उससे मिला दूं और ये पत्थर दिखाऊं तो पता चल जायेगा कि ये वही है या कोई?'

दोनों उस पार पहुंचे तो वो आदमी वहां नहीं था।

अंशिका बोली – 'कहां है वो?'

अभिनव को आश्चर्य हुआ कि आज क्यों नहीं है?

फिर बोला – 'मैंने कल उसका घर देख लिया था। चलो उसके घर चलते हैं।'

दोनों उसके घर गये।

वहां उस लड़के के भाई ने पूछा – 'क्या बात है?'

अभिनव ने कहा – 'वो जो नदी के पास हर रोज बैठते हैं, वो यहीं रहते हैं?'

उसने कहा – 'जी, लेकिन उनसे आपको क्या काम है?'

अभिनव ने कहा – 'मैं उनका दोस्त हूं, उनसे मिलने आया हूं।'

उसके भाई ने कहा – 'नितिन अभी सो रहा है। उसकी तबियत ठीक नहीं है।'

अंशिका ने अभिनव से कहा – 'रहने दो, क्यों जिद्द कर रहे हो? ये वो नहीं हुआ तो?'

अभिनव ने कहा – 'एक बार बस उसे पत्थर दिखाते हैं। देखते हैं, वही है या नहीं? तसल्ली तो हो जायेगी मुझे।'

अंशिका खामोश हो गयी।

उसका भाई आया और बोला – 'ठीक है। जाइए वो बुला रहा है।'

दोनों अन्दर गये। कोई एक दूसरे को जानता नहीं था।

नितिन ने उन दोनों को बैठने को कहा और पूछा – 'क्या बात है, कहिए?'

अभिनव ने अंशिका को इशारा किया और अंशिका ने नितिन के सामने वो पत्थर रख दिया। नितिन उस पत्थर को देखते ही खड़ा हो गया और अंशिका को गले से लगा लिया। अंशिका की धड़कनें बढ़ने लगी थीं क्योंकि उसने कभी ये उम्मीद नहीं की थी कि जिसके इन्तजार में वो टूट रही थी, आज अचानक उसकी बाहों में वो थी। उसने भी नितिन को पकड़ा। दोनों एक–दूसरे को बड़े प्यार से गले लगा रहे थे।

अभिनव भी देख खुश हो उठा कि अंशिका को उसकी मोहब्बत मिल गयी।

अभिनव ने पूछा – 'नितिन जी आप जिसे ढूंढ रहे थे, वो तो मिल गयी अब आपको।'

नितिन ने अंशिका की बाहों से अलग़ होकर कहा – 'धन्यवाद आपका।'

अंशिका बोली – 'मुझे क्यों धन्यवाद बोल रहे हो आप?'

नितिन ने कहा – 'क्योंकि ये पत्थर जान से भी ज्यादा कीमती है मेरे लिए और आपने मुझ तक ये पहुंचाया। कुछ महीने पहले मैं उस पार गया था तो ये पत्थर वहीं कहीं गुम हो गया था।'

अभिनव ने कहा – 'तो इसे ढूंढने के लिए आप हर रोज नदी के पास बैठे रहते थे? ऐसा क्या है इस पत्थर में जो इतना कीमती है आपके लिए?'

नितिन ने कहा – 'मेरी जान से भी ज्यादा कीमती है, क्योंकि ये मुझे उसने दिया था जिसे मैं इस दुनिया में सबसे ज्यादा चाहता था। मेरी मोहब्बत।'

अंशिका के चेहरे पर उदासी छा गयी। अपने आंसूओं पर काबू पाते हुए उसने पूछा – 'अब वो कहां है? उनकी शादी हो गयी या आप लोगों का ब्रेकअप हो गया है।'

नितिन मुस्कुराया और कहा – 'पता है इस पत्थर के गुम होने के बाद मैं उस नदी के किनारे पर क्यों बैठता था? क्योंकि मैं अपनी मोहब्बत से माफी मांग रहा था कि नहीं सम्भाल पाया उसके आखिरी तोहफे को।'

दोनों को समझ नहीं आ रहा था। उन्होंने फिर तब नितिन ने कहा– 'कुछ महीने पहले वो इस पार मिलने आयी थी। मेरे साथ अपनी शादी की तारीख रखने के लिए और जब वो जाने लगी, तब मैंने कहा के शादी में तो वक्त है और तुमने कहा कि तब तक मिलेंगे भी नहीं, तो कोई तोहफा तो देती जाओ जो तब तक मेरे साथ रहे। उस वक्त तो उसके पास कुछ नहीं था, लेकिन उसने इधर–उधर देखा और एक पत्थर उठाकर उस पर लिख दिया कि यहीं मेरा इन्तजार करना। जैसे ही वो कुछ दूर गयी, वैसे ही बहुत तेज तूफान आया और मेरी आंखों के सामने वो उसमें समा गयी। मैं कुछ नहीं कर पाया। देखता रह गया।'

नितिन की आंखों से आंसुओं की धार बह रही थी।

अंशिका ने नितिन से पूछा – 'क्या वो नहीं मिली?'

नितिन ने कहा – 'मिली, लेकिन ऐसी मिली के सब कुछ था उसके पास बस सांस को छोड़कर। फिर मैंने उसकी इच्छा को पूरा किया। उसे सुहागन बनाया। उसकी मांग में सिन्दूर डाला। चूड़ी, पायल, बिन्दी व मंगलसूत्र सब कुछ अपने हाथों से पहनाया। बस एक कमी थी कि अगर सांस होती तो ऐसे सजकर वो मेरे घर आती लेकिन आज वो सुहागन बनके कहीं और जा रही थी।'

अंशिका और अभिनव की पलकें भी गीली हो गयी थीं। अंशिका से नितिन का दर्द बर्दाश्त नहीं हो रहा था। वो वहां से भाग गयी। अभिनव नितिन को एक दोस्त की तरह सांत्वना दे रहा था, लेकिन आंसू थमते भी तो कैसे? इतने दिन बाद फिर से जख्म जो कुरेदे गये थे।

फिर अभिनव अंशिका के पास आया। अंशिका नाव पर बैठे रोए जा रही थी क्योंकि मोहब्बत व दर्द एक मोहब्बत करने वाला ही समझ सकता है। दोनों इस पार आ गये।

अभिनव ने अंशिका को रोककर पूछा – 'अब भी उसका इन्तजार करोगी?'

अंशिका ने कहा – 'मालूम नहीं, लेकिन बस इतना जानती हूं कि वो आज भी उससे बहुत प्यार करता है और मेरा इन्तजार करना सही नहीं और अभिनव बहुत–बहुत धन्यवाद तुम्हारा।'

अंशिका कहकर चली गयी। अगले दिन से नहीं आती थी नदी के किनारे। अभिनव सुबह से रात तक उसका इन्तजार करता रहा। चार दिन बाद वो वहां आई। उसने देखा कि अभिनव उसी जगह पर मायूस बैठा था। वो जाकर उसके बगल में बैठ गई और पूछने लगी – 'तुम किसका इन्तजार करने लगे।'

अभिनव ने चौंक कर देखा – 'तुम...?'

अंशिका बोली – 'क्यों, मैं नहीं आ सकती?'

अभिनव ने मुस्कुराते हुए कहा – 'नहीं, नहीं। मेरा मतलब अचानक इतने दिनों के बाद? कहां थी तुम?'

अंशिका बोली – 'बस यूंही घर पर थी। कुछ सोच रही थी।'

अभिनव ने पूछा – 'क्या?'

अंशिका बोली – 'मैं सोच रही थी कि तुमने मेरा बहुत साथ दिया है और तुम कहो या ना, लेकिन तुम्हारी आंखों को मैंने पढ़ा है और मुझे मालूम है कि तुम्हारे अन्दर वो एहसास भी है जो तुम मुझसे कभी कहोगे नहीं। इसलिए मेंने सोचा कि खुद पूंछ लूं। मुझसे शादी करोगे?'

अभिनव बहुत जोर से हंसा और बोला – 'ये कैसा मजाक है? तुम और मुझसे शादी...?'

अंशिका बोली – 'मैं मजाक नहीं कर रही हूं। मैं अपनी फैमिली से बात करके आयी हूं। उन्हें सब कुछ बता दिया और वो लोग मान भी गये। इसलिए तुमसे पूछने आयी हूं ताकि तुम्हारा प्यार अधूरा न रह जाए। अब बताओ करोगे मुझसे शादी?'

अभिनव ने अंशिका को गले लगाकर भरे गले से कहा – 'तुमने मेरी खामोशी पढ़ ली। दिल की वो बात कह दी जो मैं शायद कभी नहीं कह पाता तुमसे। एक बार नहीं बार–बार कहता हूं हां...हां...हां... करुंगा तुमसे शादी। पूरी जिन्दगी तुम्हारा होकर रहूंगा। आखिरी सांस तक साथ निभाऊंगा।'

अंशिका को अभिनव ने गले लगाया था, लेकिन उसे नितिन की बाहें याद आ गयी। बस दो मिनट के लिए ही नितिन की बाहों में थी, लेकिन वो पल याद बनकर हमेशा के लिए उसके दिल में बस गया था।

अभिनव और अंशिका दोनों की आंखो में आंसू थे। अभिनव की आंखों में खुशी के थे, लेकिन अंशिका की आंखों में... वो तो वही बता सकती थी कि वो आज किसी की बांहें छूटने के गम में या किसी की बाहों में आने की खुशी थी। आंसुओं की पहचान तो नहीं की जा सकती क्योंकि खुशी और गम दोनों के आंसू समान होते हैं। शादी की तैयारी शुरू हो गयी। धूमधाम से शादी हो गयी और विदाई के बाद अभिनव उसे अपने घर नहीं ले जा सका बल्कि नदी नदी के किनारे पर ले गया। अंशिका वहां का नजारा देखकर चौंक गयी। नाव को बहुत ही खूबसूरत तरीके से सजाया हुआ था और वहीं नाव के एक कोने पे अभिनव बैठा था। अंशिका घबरा गयी। उसे समझ नहीं आ रहा था कि ये क्या है?

उसने अभिनव से पूछा – 'तुम यहां हो तो फिर ये कौन है?'

सेहरा उठाकर नितिन ने कहा– 'मैं हूं।'

अंशिका को समझ नहीं आ रहा था कि वो खुश हो या दुखी।

उसने पूछा – 'लेकिन तुम यहां कैसे?'

अभिनव ने कहा – 'मैं बताता हूं। मुझसे शादी की बात करके जब तुम गयी, तब मैंने सोचा कि मेरी खुशी के लिए तुम मुझसे शादी करने को राजी हुई तो एक कोशिश मैं भी कर लूं तुम्हारी खुशी के लिए। शायद तुम्हें वो मिल जाए, जिसका तुमने इंतजार किया। इसलिए उसी वक्त मैं नितिन के घर गया और सारी बात उसे बता दी कि कितनी शिद्दत से तुम उसका इन्तजार करती थी। मैंने नितिन से कहा कि तुम यहां पत्थर का

इन्तजार करते थे और वो वहां तुम्हारे इन्तजार में पत्थर बन रही थी। उसके इन्तजार का दर्द तुम ही समझ सकते हो क्योंकि मोहब्बत को तुमने जाना है। खुद अपने जैसा दर्द किसी और को न होने दो। उसके दर्द को अपनी खुशी बना लो और अपने दर्द को उसकी खुशी में मिला दो। बस मेरी यह कोशिश कामयाब हो गयी और तुम दोनों को साथ हो गए।

अंशिका फिर से अभिनव की बांहो में थी, लेकिन ये वक्त जुदाई का था। अभिनव उन दोनों को उस पार छोड़ आया और कुछ अल्फ़ाज़ कहता अपने सफर पर निकल पड़ा –

'रोना आए अगर तो छुपा लो,
अपने आंसू हंसी से।
मिले दर्द जितनी भी मोहब्बत में,
जी लेना उसे तुम खुशी से।'

मुस्कुराता दर्द

जब वो मुस्कुराती तो ऐसा लगता जैसे गगन से फूलो की बरसात हो रही है। उसकी खुबसूरत अदाएं, मखमली चाल, उसका चंचलपन, जो उसे देखता उसपे मर मिटता था। लेकिन न जाने वो किसपे मर मिटी थी।

ऐसा लगता उसकी जिन्दगी में कोई दर्द, कोई गम नहीं। हर वक्त वो खुश रहती लेकिन कोई ऐसा था जिसकी याद में वो खोई रहती थी। जिसे याद कर उसके आँखों से कभी–कभी आंसू छलक जाते थे। शायद वो उससे बहुत मोहब्बत करती है। वो विल्कुल अपने नाम की तरह की थी मुस्कान। उसकी उम्र शादी की हो चुकी थी। घर वाले जोर देते कब तक अकेली रहेगी शादी करले। लेकिन वो सिर्फ इतना कहती मैं समीर से बहुत मोहब्बत करती हूँ और उसके अलावा किसी और की नहीं हो सकती। इतना सुनकर घर वाले चुप हो जाते। उसे दुनिया वालों की भी कोई फिक्र नहीं कि लोग क्या कहेंगे क्या सोचेंगे। वो अपने परिवार के साथ खुश थी और जब कोई शादी के लिए जिद्द करता तो वह बस ये कहती मेरी शादी तो समीर की यादो के साथ हो चुकी है। घर वाले उसकी बाते सुनकर परेशान थे लेकिन वो खुश थी।

एक दिन अचानक उसके कॉलेज की दोस्त उससे मिलने आई। बातों ही बातों में मुस्कान ने समीर का नाम ले लिया। मुस्कान की दोस्त अर्चना को समीर के बारे में कुछ पता नहीं था। वो बोली – 'समीर कौन है? क्या करता है? कहाँ रहता है?' इसपे मुस्कान की आँखे भर आई।

ऐसा लगा कोई दर्द आज फिर से उभर गया हो। अर्चना को लगा शायद मुस्कान समीर से मोहब्बत करती है। तो बोली मुस्कान जब तू समीर से इतनी मोहब्बत करती है तो शादी क्यों नहीं कर लेती। इस पर मुस्कान हल्की सी मुस्कुराई और बातों को कही और मोड़ देने लगी। लेकिन अर्चना पूछती रही, जिद्द करती रही आखिरकार मुस्कान को समीर के बारे में बताना ही पड़ा।

उसने बताया कि जब मुस्कान बैंगलोर में थी तो उसके घर के सामने एक मुस्लिम लड़का रहता था जिसका नाम समीर था। मुस्कान और समीर दूसरे से बेइंतहा मोहब्बत करते थे। इनकी दोस्ती कब प्यार में बदल गई पता ही नहीं चला। उसने बताया कि हम दोनों के परिवारो के बीच अच्छे संबंध थे। उन्हें लगता हम दोनो अच्छे दोस्त है। उन्हें हमारी दोस्ती पर कोई आपत्ति नहीं थी। वे लोग खुश थे और हम भी।

और एक दिन अचानक समीर मेरे घर आया और मेरे परिवार वालो के सामने अपनी मोहब्बत को इजहार किया कि मैं मुस्कान से मोहब्बत करता हूँ और उससे शादी करना चाहता हूँ। अगर आप लोग को कबूल हो तो।

तब मेरी माँ बोली – 'बेटा मैं जानती हूँ तुम अच्छे लड़के हो, अच्छे परिवार से हो लेकिन मुस्कान हिन्दू और तुम मुसलमान हो। दुनिया वाले क्या कहेंगे?'

समीर बोला – 'मुझे इस बाता का इल्म है कि मैं मुस्लिम हूँ और मैं एक हिन्दु लड़की से शादी करना चाहता हूँ। क्योकि मैं उससे मोहब्बत करता हूं और मोहब्बत धर्म–जाति, जात–पात देख कर नहीं होता। ये तो बस हो जाता है और मोहब्बत करना कोई गुनाह नहीं होता।'

फिर पिताजी मुझसे पूछे – 'बेटी क्या तुम समीर से शादी करना चाहती हो? क्या तुम भी समीर को पसन्द करती हो?'

तब मुस्कान बोली – 'अगर आप लोगो की इच्छा हो तो आपकी इच्छा के बगैर हम शादी नहीं करेंगे।'

पिताजी ने कहा – 'समीर मैं तुम्हारे परिवार से बात करूंगा फिर निर्णय लूंगा।'

दूसरे दिन मेरे घर वाले समीर के घर गये और दोनो परिवार के बीच बातें हुई। तब समीर की माँ ने कहा – 'ये तो मेरी खुशनसीबी होगी कि मुस्कान जैसी लड़की मेरे घर की बहु बनेगी।' फिर हम दोनो का रिश्ता पक्का हो गया।

एक महीने बाद हम दोनों की सगाई हो गई और दो महीने बाद हमारी शादी थी। इतनी बातें कहकर मुस्कान जोर–जोर से रोने लगी। ऐसा सा लगा उसका दर्द और बढ़ गया। अर्चना ने उसे गले से लगाया और फिर पूछा – 'आगे क्या हुआ मुस्कान।'

अर्चना को समझ नही आ रहा था कि मुस्कान को हुआ क्या है उसके साथ ऐसा क्या हुआ है जो अपने अंदर इतना दर्द छिपाये बैठी है।

थोड़ी देर बाद मुस्कान खुद को सम्भालती हुई बोली–

एक दिन हम दोनों घूमने गये। अचानक समीर की तबीयत बिगड़ने लगी और वो बेहोश हो गया। मैं उसे अस्पताल ले गई, फिर घर पे खबर गई तो सब लोग अस्पताल पहुँच गये। तब डाक्टर ने समीर के अब्बा से कहा समीर को ब्लड कैंसर हैं। समीर के अब्बा को समझ नहीं आ रहा था कि वो अब क्या करें? फिर खुद को सम्भालते हुए उन्होने मुझे और समीर को छोड़ सबको सच्चाई बता दी। आखिरकार कभी ना कभी

तो सच्चाई का सामना करना पड़ता। हम दोनो से कहा गया कि थोड़ी सी कमजोरी है, कुछ दिनों में ठीक हो जायेगी।

कुछ दिन बीत गये लेकिन समीर की तबीयत में कुछ सुधार नहीं हुआ। फिर समीर को डॉक्टर के पास ले गये। तब डाक्टर ने कहा अब इनको एडमिट करना पड़ेगा क्यूंकि इनके पास बहुत कम दिन बचे है। ये बात समीर ने सुन ली और रोने लगा। बोला डाक्टर साहब मैं अस्पताल में दम तोड़ना नहीं चाहता। मैं आखिरी वक्त अपने परिवार के साथ बिताना चाहता हूँ चाहे कुछ भी हो। आप घर पे ट्रीटमेंट करवा दीजिए। डाक्टर ने हाँ कर दी तभी मैं वहां आ गई। समीर ने सबको मना कर दिया था कि कोई मुझे कुछ न बताएं। फिर मैं समीर के कमरे में गई पूछा – 'कैसे हो समीर?'

समीर ने मुस्कुराते हुए कहा – 'मै एकदम फिट हूं। मुझे क्या हो सकता है। मेरा ख्याल रखने वाली तुम जो हो।'

मैं बोली – 'चलो समीर मैं तुम्हें बाहर घुमा कर लाती हूं।'

समीर ने कहा – 'तुम सिर्फ मेरे पास बैठो, आज मैं तुमसे बहुत सारी बातें करना चाहता हूँ।'

मुझे अजीब लगा उस दिन, वो कभी बाहर जाने से मना नहीं करता था। लेकिन मुझे लगा आज इसे क्या हो गया हैं? मैं बोली – 'बताओ क्या कहना चाहते हो?'

तब समीर ने कहा – 'ये बताओ अगर मैं इस दुनिया से चला गया तो तुम क्या करोगी?'

मुझे लगा वो मजाक कर रहा हैं। मैं बोली – 'किसी और से शादी कर लूँगी।'

समीर ने कहा – 'सच तो वादा करो।'

मैं बोली – 'पागल हो, तुम्हारे अलावा आज तक किसी के बारे में सोची तक नहीं और शादी तो दूर की बात है समीर बाबू।'

फिर समीर ने कहा – 'अगर मैं तुम्हें छोड़ दूँ तो तब?'

मैनें कहा – 'मैं पूरी जिन्दगी तुम्हारी यादों के सहारे गुजार दूंगी। ये वादा करती हूं।'

समीर ने कहा – 'मुझसे वादा करो मैं रहूँ या ना रहुँ, तुम हमेशा खुश रहोगी। कभी अपने चेहरे से इस प्यारी मुस्कान को न जाने दोगी। वादा करो मुस्कान।'

मैं बोली – 'क्या फिजूल की बाते कर रहे हो? हमारी शादी है एक माह के बाद उसकी तैयारी करनी है।'

फिर भी समीर बोलता रहा – 'वादा करो।'

फिर मैंने आखिर में उसकी बात मान ली। मै बोली – 'मैं वादा करती हूं हमेशा खुश रहूँगी।'

'ये वादे भी अजीब होते है
मोहब्बत करने वालो के भी
क्या नसीब होते है?

मैंने समीर से पूछा आज बहकी–बहकी बातें क्यों कर रहे हो? क्या बात है बताओ? फिर समीर ने मेरा हाथ अपने हाथों में लेकर कहा – 'नहीं दे सकता मैं तुम्हारा साथ क्योंकि मौत ने थामा है मेरा हाथ।'

मैं बोली – 'क्या मजाक कर रहे हो? क्या तुम मुझे छोड़ना चाहते हो? क्या तुम्हें किसी और से मुहब्बत हो गई है जो तुम ऐसी बातें कर रहे हो।'

तब समीर ने कहा – 'जिसने मोहब्बत का नाम भी तुमसे सीखा है वो सिर्फ तुम्हारी मोहब्बत में ही बिका है।'

'मुझसे पहेली न बुझाओ जल्दी बताओ मुझे अजीब लग रहा है।' मैं चिल्ला –चिल्ला कर पूछने लगी क्या बात है तब समीर ने मुझे अपनी बाहो में लेकर कहा – 'मैं बस कुछ दिन ही इस धरती पर हूँ। शायद खुदा को हमारी खुशी मंजूर नहीं।' समीर ने अपने दिल पे पत्थर रखकर बोला – 'मुझे ब्लड कैंसर है।'

मुझे लगा मेरी सांसे रूक गई। कुछ समझ नहीं आया। फिर सब लोगों ने कहा ये सच है। मुझे यकिन नहीं हो रहा था। ऐसा लग रहा था काश ये वक्त यही ठहर जाये। हम दोनो के आखों के दर्द के आंसू थम नही रहे थे। फिर समीर ने मुझे घर छोड़ा। हम दोनो दिन भी साथ रहते। कभी रोते–कभी हंसतें। इसी तरह दस दिन बीत गये। ग्यारहवें दिन समीर की तबीयत काफी बिगड़ने लगी। उसे अस्पताल ले जाया गया। समीर के पास कुछ ही वक्त बचा था। मैं समीर से कुछ दूर पे खड़ी थी। मैं अपने आंसू थाम नहीं पा रही थी। तब समीर ने कहा –

'कुछ देर हो जाएगी हमारी जुदाई
शायद ही है उस खुदा की खुदाई
मौत मेरा दामन थामे खड़ी है
और तू मुझसे दूर खड़ी है।'

मैं तब दौड़ कर समीर के सीने पर सर रखकर चिल्लाने लगी मत जाओ मुझे छोड़कर। समीर अपने आसूओं को थामते हुए फिर बोला –

'मेरे जाने के बाद ना करना कोई गम
इन आँखों को न होने देना नम

तेरे साथ एहसास बनकर हर वक्त रहेंगे हम।'

मुस्कान –

'तेरी जुदाई का दर्द मैं कैसे सह पाऊँगी
तेरे बिना मैं जिन्दा न रह पाऊँगी
चल दिये तुम मेरा दिल तोड़कर
जिन्दगी के सफर में हमें तन्हा छोड़कर।
कौन सा पाप किया जिसकी मिली है मुझे ऐसी सजा
ऐ खुदा मुझे भी उठा ले मेरी तुझसे यही है रजा।'

समीर –

'गम इसका नहीं कि मैं दुनिया छोड़ रहा हूं
गम इसका है कि मैं तेरा दिल तोड़ रहा हूँ
वादा किया था हमने तेरा दिल नहीं तोड़ेंगे
जिन्दगी भर तेरा साथ नहीं छोड़ेंगे
लेकिन खुशी है मुझे कि मैं तेरे सामने मर रहा हूँ
और तेरी बाहों में अपना दम तोड़ रहा हूं।'
कौन होगा हमसे खुशनसीब
जिसे मिला है
अपनी महबूबा के बाहो में मरने का नसीब।'

फिर मैं बोली – 'समीर मैं तुमसे शादी करना चाहती हूं। अभी मेरी मांग में सिन्दूर भरो।'

समीर हिचकिचाया लेकिन फिर बोला – 'ठीक है।'

परिवार वालो को भी अजीब लगा। लेकिन ये वक्त ऐसा था कि पत्थर दिल भी पिघल जाता। समीर ने मुस्कान की माँग में सिन्दूर भरा और उसकी बाहों में दम तोड़ दिया। मुझे कुछ समझ नहीं आ रहा था। मैं समीर–समीर चिल्लाती रही। ऐसा लगता मैं भी समीर के साथ चली जाऊँ। लेकिन उसके वादे ने मुझे रोक लिया और आज तक अपने दर्द

को छिपाये होठो पर मुस्कान लिए उसकी याद में जी रही हूँ। ये सब सुनकर अर्चना भी रो पड़ी और कहा –

ऐ खुदा तेरी ये कैसी खुदाई
गुजारिश है मेरी किसी को ना देना ऐसी जुदाई।

तस्वीर दिल की

वो रातों को जागकर तस्वीर बनाती रहती थी। वो तस्वीरें उसकी जिंदगी से बिल्कुल अलग होती थीं। वो आजाद पंछी की तरह थी। हर रात वो एक तस्वीर से जुड़ी तस्वीर बनाती थी। जैसे तस्वीर से ही वो कोई कहानी कह रही हो। उसने पहली तस्वीर बनायी एक बहुत खूबसूरत कमरे की। वो कमरा अँधेरा है और बंद भी और उस कमरे के बाहर एक समंदर हैं, जिसमे एक मासूम सी खूबसूरत लड़की बच्चों की तरह खेल रही हैं। और फिर उस कमरे और समंदर की तस्वीर को दिल के आवरण से चारों तरफ से घेर देती हैं। जैसे दिल के अंदर वो सिमटे हो। उस कमरे में क्या था कुछ नजर नहीं आ रहा था। शायद उस कमरे तक कोई रोशनी नहीं पहुंची हो। उस तस्वीर को देख ये अंदाजा लगाया जा सकता था कि वो इस कमरे से शायद कैद होकर निकली है। लेकिन उस तस्वीर का सच क्या था ये तो नीरू ही बता सकती थी। वो तस्वीर बनाते–बनाते सो गयी। सुबह उसकी दोस्त नीलिमा उसे लेने आयी कॉलेज जाने के लिए। नीरू अपनी दादी के साथ अकेली रहती थी। उसके माँ–पापा का नीरू के जन्म के कुछ साल बाद ही देहांत हो गया था।

नीलिमा ने जब वो तस्वीर देखी तो नीरू से पूछा – 'तूने कभी बताया नहीं कि तुझे इसका भी शौक है। क्या तू चित्रकार बनना चाहती हैं।'

नीरू मुस्कुरा कर बोली – 'नहीं ये तो पहली तस्वीर है, जो कल रात बनायी। अचानक से मुझे एक तस्वीर बनाने का ख्याल आया तो ब्रश को रंग में मिलाया और तस्वीर बनती चली गयी।'

यूही बातें करते–करते दोनों कॉलेज चली गयीं। पढाई के दौरान नीरू की दो मिनट के लिए आँखें बंद हो गयी और उसने देखा वो बंद कमरा खुल गया और वहाँ से बहुत तेज रोशनी आ रही है और वो लड़की बहुत खुश होकर समंदर से उस रोशनी में जाकर खड़ी हो गयी है। अचानक उसकी नींद खुली, वो चारों तरफ देखने लगी।

नीलिमा ने पूछा – 'क्या हुआ तुझे?'

नीरू ने उसे सारी बातें बता दीं।

नीलिमा बोली – 'तू उस तस्वीर में इतनी खो गयी है कि हर जगह तुझे वही सब कुछ दिख रहा है।'

नीरू को भी लगा शायद वो सही बोल रही है। हर रोज की तरह दोनों अपने घर चली गयीं। नीरू फिर दूसरी तस्वीर बनाने लगी जो उसने सपने में देखा था। तस्वीर बनाने के बाद वो सो गयी। रात के 11 बजे थे। अभी वो नींद के घर में खुद को ले ही गयी थी कि उसे फिर एक सपना आया कि वो रोशनी जहाँ वो लड़की बहुत खुश होकर खड़ी थी, वो रोशनी अचानक गायब हो गयी और वो दरवाजा बंद हो गया। चारों तरफ बिल्कुल अँधेरा हो गया और वो उदास होकर समंदर के अंदर बहुत दूर तक जाने लगी और डूबने लगी। नीरू अचानक से उठी। वक्त देखा तो रात के 1 बजे थे। वो घबरा गयी थी। उसने सोचा नीलिमा को फोन करूं। लेकिन फिर उसे लगा अभी फोन करूँगी तो वो भी परेशान हो जाएगी। उसने खुद को संभाला और पानी से अपने सूखे गले को भिगो

लिया। फिर उसने सोने की बहुत कोशिश की लेकिन नींद का घर उसे काफी दूर लग रहा था। वो उठी और और अपने सपने की तीसरी तस्वीर बनाने लगी। और वो तस्वीर जैसे ही खत्म हुयी, नींद ने उसे अपने आगोश में ले लिया।

अगले दिन वो कॉलेज गयी। उस दिन उसके साथ ऐसा कुछ हुआ जो वो कभी सोच भी नहीं सकती थी। वो अपने क्लास में बैठी और वहाँ उसे एक गुलाब और एक कार्ड मिला जो उसकी ही सीट पर रखा था। उसने नीलिमा से पूछा, तो उसने कहा – 'ये मेरा नहीं है। तुम खोलो। देखो क्या हैं, किसके लिए है। शायद तेरे लिए ही हो।'

नीरू बोली – 'तू पागल है। मुझे कौन गुलाब देगा और अगर ये किसी और का है तो क्या खोलकर इसे देखना सही होगा।'

नीलिमा बोली – 'तू रहने दे। मुझे दे, मैं खोलकर देखती हूँ।'

और उसने जब खोला तो नाम नीरू का था। उसने नीलिमा के हाथ से कार्ड ले लिया और अपने नाम को गौर से देखने लगी और उसे ये जानने में ज्यादा परेशानी नहीं हुयी कि ये कार्ड वहाँ रखा किसने है। क्योंकि उस कार्ड में नाम लिखा था 'अक्षय'। लेकिन दोनों को समझ नहीं आ रहा था ये अक्षय है कौन। क्योंकि उसकी क्लास में इस नाम का कोई नहीं था।

उन दोनों ने कुछ लड़के लड़कियों से पूछा तो पता चला कि अक्षय उसी के कॉलेज का है। वो उसी वक्त उससे मिलने गयी, ये पूछने कि उसने ऐसा काम क्यों किया। जैसे ही वो उसके सामने गई उसे देखती ही रह गयी, क्योंकि ये वही लड़का था जिसे नीरू पसंद करती थी

लेकिन नाम नहीं जानती थी, बस चेहरा पहचानती थी। लेकिन दोनों का दिल खुश हो उठा था, पर वो खुशी कुछ देर की खामोशी बन गयी थी।

नीलिमा धीरे से नीरू से बोली – 'तू कुछ पूछने वाली थी न इससे। अब क्यों चुप हैं।'

फिर नीरू की खामोशी टूटी। उसने पूछा – 'क्या तुमने ये फूल और कार्ड रखा था मेरी क्लास में?'

अक्षय ने कहा – 'हाँ मैं तुम्हें बहुत पसंद करता हूँ और सामने से बोलने की हिम्मत नहीं हुयी, इसलिए कार्ड का सहारा लिया।'

नीरू बिना कुछ बोले वहां से चली गयी। नीलिमा बोली – 'तूने उसे ये कार्ड क्यों नहीं लौटा दिया।'

नीरू बोली – 'तुझे पता है ये वही लड़का है जिसे मैं हमेशा से पसंद करती हूँ, जबसे इस कॉलेज में आयी हूँ। लेकिन कभी तुझे बता नहीं पायी क्योंकि नाम तक मुझे नहीं मालूम था। और आज उसे सामने देखा तो समझ नहीं आया क्या करूं।'

अगले दिन अक्षय ने नीरू से पूछा – 'तुमने जवाब नहीं दिया मेरे कार्ड का।'

वो उस दिन भी उससे बिना कुछ बोले अपनी खामोशी के साथ चली गयी। दूसरे दिन अक्षय अपनी क्लास में गया तो उसकी सीट पर एक गुलाब और कार्ड रखा था और उसे भी ये जानने में वक्त नहीं लगा कि ये किसने रखा है। आज उसे अपना जवाब मिल गया था और क्लास खत्म होने के बाद वो तुरंत दौड़ता हुआ नीरू के पास गया और उसके सामने जाकर 'आई लव यू' बोला।

नीरू मुस्कुरा कर बोली – 'तो इतने हांफ क्यों रहे हो और दौड़कर आने की क्या जरूरत थी।'

वो बोला – 'तुम बिना कुछ बोले आज फिर गायब हो जाती तो।'

उसने पूछा – 'कार्ड नहीं मिला तुम्हें? उसमें जवाब तो लिखा था।'

अक्षय ने कहा – 'हाँ, जवाब लिखा था लेकिन मैं तुम्हारे होठों से सुनना चाहता था, इसलिए तुम्हारे पास आ गया।'

नीरू अक्षय के करीब गयी और उसके कानों में धीरे से बोली – 'ये मोहब्बत की बातें हैं, यूं खुलेआम मैं इकरार नहीं करती। शाम को कॉफी पर मिलते हैं।'

इतना कहकर वो चली गयी। दोनों बहुत खुश थे। वो दोनों जिसे चाहते थे, वो मिल रहा था। उन दोनों की खुशी का कोई ठिकाना न था। ये खुशी हर मोहब्बत करने वाला महसूस कर सकता है।

उस शाम को दोनों एक रेस्टोरेंट में मिले और फिर एक दूसरे को अपने बारे में बताने लगे। कॉलेज खत्म होने के बाद दोनों हर शाम मिला करते।

नीलिमा ने नीरू से एक दिन पूछा – 'तूने फिर कोई तस्वीर बनाई या नहीं?'

नीरू ने कहा – 'कौन सी तस्वीर।'

नीलिमा ने कहा – 'तू तस्वीर के बारें में भूल गयी। अरे वही तस्वीर जो दो महीने पहले बनाती थी।'

नीरू ने कहा – 'हाँ याद आया। यार उसके बाद न कोई सपना आया और न कोई तस्वीर बना पायी।'

नीलिमा मजे लेते हुए बोली – 'अक्षय के प्यार में इतनी डूब गयी है कि तू तस्वीर भी भूलने लगी है।'

उसने कहा – 'नहीं वो तस्वीर यूं ही थी। दो महीने से मैंने उसे देखा तक नहीं।'

नीलिमा मुस्कुरा कर बोली – 'उसकी मोहब्बत में तू एक दिन मुझे भी न भूल जाये।'

नीरू उसे गले लगाकर बोली – 'मैं उसे भूल सकती हूँ पर तुझे कभी नहीं और तू सपने में भी ऐसा कभी मत सोचना क्योंकि तू मेरी जान है जानेमन।'

देखते–देखते दो साल बीत गए। अक्षय और नीरू की मोहब्बत दिन–ब–दिन बढ़ती जा रही थी। एक दिन अक्षय कॉलेज नहीं आया। नीरू बहुत परेशान हो गयी। उसने ना जाने कितनी बार अक्षय को फोन किया, लेकिन फोन नहीं उठा। कॉलेज खत्म होने बाद नीरू ने उसे फिर फोन किया। इस बार उसने फोन उठाया और शाम को उसी जगह मिलने को बुलाया जहाँ हर रोज वो मिला करते थे। शाम को दोनों मिले।

नीरू अक्षय से बार–बार पूछे जा रही थी कि क्या बात है। क्यों आज कॉलेज नहीं आये? आज से पहले तुम कभी ऐसे नहीं करते थे। कितनी बार मैंने तुम्हें फोन कि लेकिन तुमने फोन भी नहीं उठाया। तुम्हारी तबियत तो ठीक हैं न, या फिर कोई और बात है। बताओ।

अक्षय खामोशी से उसकी बातें सुन रहा था लेकिन कोई जवाब नहीं दे रहा था, तब नीरू गुस्से में बोली – 'ठीक है तो मैं जा रही हूँ।'

जैसे ही वो उठकर जाने लगी तो अक्षय ने कहा – 'आज मैंने अपने पापा–मम्मी को तुम्हारे बारे में बताया।'

नीरू बोली – 'तो इसलिए तुम परेशान हो। तो क्या जरूरत थी आज बात करने की। अगले साल कॉलेज खत्म होने के बाद तुम बात करते। इतनी जल्दी क्या थी?'

अक्षय गुस्सा कर बोला – 'तो मैं क्या करता। पापा ने लड़की वालों को घर पर बुलाया था, क्योंकि वो मेरी शादी कराना चाहते हैं।'

नीरू ने पूछा – 'तो तुमने क्या कहा?'

उसने कहा – 'मैंने सबके सामने बोल दिया कि मैं शादी नहीं करना चाहता अभी और मैं किसी और को पसन्द करता हूँ। उन लोगों ने पूछा कौन है वो, तो मैंने तुम्हारे बारे में सब कुछ बता दिया। उन्होंने कहा कि वो हमारे कास्ट की नहीं है। दूसरी बात उसके खानदान का पता नहीं। मैंने बताया कि तुम अपनी दादी के साथ रहती हो, क्योंकि बचपन में माँ–पापा का देहांत हो गया था। फिर पापा बोले कि तुम्हें क्या पता, हो सकता है तुझसे भी झूठ बोल रही हो वो। मैंने भी उनसे बोल दिया कि करूंगा तो सिर्फ उसी से शादी करूंगा, नहीं तो किसी से नहीं। पापा गुस्सा होकर बोले, तो ठीक है हमारे मरने के बाद ही करना शादी और वो आत्महत्या की कोशिश करने लगे।

नीरू को बहुत अजीब लगा कि उसकी वजह से अक्षय की जिन्दगी में, उसके परिवार में इतनी लड़ाइयां हो रही हैं। नीरू ने अक्षय को कहा – 'तो मान जाओ अपने पापा की बात।'

अक्षय बोला – 'पागल हो तुम। तुम्हारे अलावा मैं किसी के बारे में सोच भी नही सकता। अगर वो नहीं माने तो हम दोनों कही दूर चले जायेंगे।'

नीरू बोली – 'नहीं मैं ऐसा नहीं कर सकती और न तुम्हें ऐसा कभी करने दूंगी क्योंकि तुम अपने पापा के एक ही बेटे हो और उन लोगों के भी कुछ अरमान होंगे, कुछ सपने होंगे तुमको लेकर। और हम दोनों इतने स्वार्थी भी नहीं बन सकते कि अपनी खुशी के लिए इतने लोगों की खुशी को मिट्टी में मिला दें। मुझे माफ कर देना क्योंकि मैं इसमें तुम्हारा साथ नही दे सकती।'

अक्षय ने गुस्से में कहा – 'मतलब तुम मुझसे प्यार नहीं करती। अगर करती तो शायद ऐसी बात आज तुम नहीं करती।'

नीरू बोली – 'प्यार करती हूँ तभी नहीं चाहती कि तुम गलत काम करो। परिवार क्या होता है। उसको खोने का दर्द मैं समझती हूँ। इसलिए मैं नहीं चाहती तुम्हें भी वो दर्द मिले। और प्यार ये नहीं कहता कि अपना दिल जोड़ने के लिए हजारों का दिल तोड़ दो। उस माँ बाप को छोड़ दो जो तुम्हें इस धरती पर लाए। तुमने उनसे कहा, उन्हें समझाया लेकिन शायद हमारा प्यार उन्हें नहीं दिखा या हमारे प्यार को वो समझ नहीं पाये। तुम्हारी खुशी से ज्यादा उन्हें अपने समाज की चिंता है, अपने कास्ट की लड़की होना ज्यादा जरूरी है तो कोई बात नहीं। तुम ही अपनी पापा की खुशी के लिए अपने प्यार की कुर्बानी दे दो, अगर वो नहीं दे पाए तो।'

अक्षय का गुस्सा बढ़ता जा रहा था। नीरू से अलग होने के बारे में सोच–सोच कर और नीरू की ऐसी बातें सुनकर। वो बोला – 'मैं समझ गया, ठीक है मैं शादी के लिए बोल देता हूँ लेकिन एक बात और आज मुझे समझ आ गयी कि इन दो साल में मेरा प्यार शायद कम पड़ गया,

जो तुम मेरे साथ जाने को तैयार नहीं। और अब लगता है कि तुमने सिर्फ यूं ही साथ निभाया, दिल से कभी नहीं।'

इतना कह कर वो रोता हुआ वहाँ से चला गया। अक्षय को अपना दर्द दिखा लेकिन वो नीरू का दर्द समझ नहीं पाया कि उसने किस तरह अपने दिल पर पत्थर रखकर अक्षय का घर बचाया। उसके परिवार को टूटने से बचाया, वो नहीं समझ पाया।

नीरू का दिल टूटा, मोहब्बत का साथ छूटा। वो घर जाकर बहुत रोयी, क्योंकि जुदाई का दर्द जुदा होने वाले ही समझ सकते है। रोते–रोते जैसे ही उसकी आँखे बंद हुयी उसकी बनायी सारी तस्वीरें उसके सामने आने लगी। वो अचानक उठी तो सुबह हो चुकी थी लेकिन अभी वो दुःख के अंधेरे में ही थी। तभी उसने तीनों तस्वीरों को अपने सामने रखा और गौर से देखने लगी। उसने देखा के ये तस्वीरें तो उसके ही दिल की दास्तां बयां कर रही हैं। जब वो कमरा बंद था मतलब उस वक्त उसके दिल में कोई नहीं था वो अपनी जिंदगी में खुश थी और दूसरी तस्वीर जिसमें एक रोशनी उस कमरे में आयी थी, ये रोशनी अक्षय की मोहब्बत की थी। उस रोशनी में वो बहुत खुश थी और तीसरी तस्वीर वो कमरा फिर से अँधेरा हो गया और वो लड़की उदास होकर समंदर में डूबने वाली थी, मतलब मोहब्बत के दर्द में नीरू डूबने वाली थी। वो तस्वीर देख उसे समझ आया। वो सारी तस्वीर उसके सपने में आयी थी लेकिन आज वो जग गयी थी। हकीकत से उसकी मुलाकात हो गयी थी। इसलिए उसने फिर एक तस्वीर बनाई जो कि आज उसने होश में बनाया। वो डूबती लड़की तैरने लगी तैरते हुए किनारे पर आ गयी। फिर वो निकलकर उस अँधेरे में जैसे ही गयी वो कमरा फिर एक अलग रोशनी से जगमगा उठा।

उस कमरे में सिर्फ गुलाब की पंखुड़ियाँ थी और उसकी खुशबू से वो कमरा गमक उठा था। वो उस पंखुड़ियों पर सो गयी और सोचती रही कि गम के समंदर में डूबने से अच्छा हैं दुःख के अँधेरे में भरकर रोशनी खुशियों की सेज पर सो जाया जाए।

वो फोन की घंटी

वो अजनबी थी, लेकिन दिल के करीब थी। उसने पलटकर देखा भी नहीं, लेकिन दिल की वो धड़कन बन गई थी। उसने छुआ तक नहीं था मुझे, लेकिन मेरी रूह में समा गई थी। देखा था उसे पहली बार एक मिठाई की दुकान पर। शायद 'काला जामुन' उसे काफी पसंद था। बड़े प्यार से वो उसे खाए जा रही थी। मैं उसके सामने ही बैठा था, लेकिन वो खाने में इतनी मग्न थी कि एक बार उसने मुझे देखा तक नहीं कि मैं उसे देख मुस्कुसरा के हाय–हैलो बोल सकूं। फिर अचानक उसके फोन की घंटी बजी और वो जल्दी से पैसे देकर चली गई। मैं दुकान से बाहर निकला, उसे देखने के लिए कि तब तक वो जाने कहां गायब हो गई। कहां गई? कौन थी? कुछ पता नहीं चला। फिर लौटकर मैं दुकान के अंदर आ गया। मेरे प्लेट का रसगुल्ला भी मुझे देख शायद उदास हो गया था। फिर भी मैं उसे अकेला कैसे छोड़ता। उसके दोस्तों से उसे मैंने अलग जो करवा दिया था। खाने का मन तो बिल्कुल न हुआ, इसलिए उसे अपने साथ घर ले आया। कुछ देर बाद भूख लगी तो उसी रसगुल्ले ने साथ दिया। सोचा कि नींद को पास बुला लूं, लेकिन नींद भी पास आने को तैयार नहीं थी। आंखें बंद करता तो बस यही ख्याल आता कि कहां ढूंढूं? कहां मिलेगी वो? दस दिन बीत गए। मैं अपने काम की व्यस्तता में उसे भूलने भी लगा था कि एक दिन अचानक वो फिर नजर आ गई। मैं अपनी छत पर टहल रहा था कि सामने वाली छत पर मेरी नजर गई। वहां नजर पहुंचते ही मेरी धड़कन बढ़ गई। वही लड़की खुले बालों में

कलम होठों से लगाए आसमान को देख रही थी। फिर अपने बालों को जब उसने बांधा तो उसके चेहरे की खूबसूरती देख मैं वहीं पत्थर सा हो गया।

फिर उसके फोन पर किसी का कॉल आया। उसने उठाया। मुझे लगा कि अभी वो यूं ही टहलते हुए बात करेगी। मैं किसी भी हालत में उसे अपनी आंखों के सामने से जाने नहीं देना चाहता था। तभी मेरे पैर में कुछ चुभा। जैसे ही मैं पैरों की ओर देखकर उठा, वो गायब हो चुकी थी। मैंने उसकी छत तो देखी, लेकिन घर नहीं देख पाया। उस इमारत में कई फ्लैट थे। वो किस फ्लैट में रहती है, ये अब भी मुझे नहीं मालूम था। मैं खुश भी था और परेशान भी। खुशी इस बात की थी कि वो पास ही में रहती है और परेशान यह सोचकर था कि अब भी उसका पता नहीं मालूम था। मैं हमेशा इंतजार क़रता। अपनी छत से उस छत की ओर निहारा करता कि शायद वो फिर कभी नजर आ जाए। मैं समझ नहीं पा रहा था कि क्या हो रहा है? मुझे उसका घर भी तो नहीं पता था कि जाकर मिल सकूं। दिल बेचैन सा रहता था, लेकिन क्या करता। यूं ही इंतजार में दिन बीत रहे थे। चार दिन बीत गए थे। पांचवें दिन वो अपने घर से निकलती दिखाई दी। मैंने सोच लिया था कि इस बार उससे बात करके ही रहूंगा। जल्दी से मैं उसके पीछे–पीछे गया। उराके करीब पहुंचकर मैंने हैलो बोला। उसने मुझे पलटकर देखा। उसका वो हसीन चेहरा मैं देखता ही रह गया। तभी उसके फोन की घंटी बजी। मैंने हमेशा देखा था कि जब भी उसके फोन की घंटी बजती, वह गायब हो जाती। इसलिए इस बार मैंने सोच लिया था कि उसे बात किए बिना नहीं जाने दूंगा। वो चलते–चलते फोन पर बातें करने लगी। मैं भी उसके पीछे चल रहा था।

मुझे हल्का सा संकोच भी हो रहा था कि कहीं कोई मुझे इस तरह उसका पीछा करते हुए देख तो नहीं रहा। यही देखने के लिए मैंने जैसे नजर घुमाई, वो फिर किसी ओर गायब हो गई। मैं समझ नहीं पा रहा था कि आखिर वो मुझसे भाग क्यों रही है और इस फोन का रहस्य क्या है? जब भी घंटी बजती है, वो छूमंतर हो जाती है। मैं और भी परेशान हो गया था। दो दिन बाद मैंने उसे उसके घर जाते देखा। आज मैंने ठान लिया था कि उसका घर जानकार रहूंगा। उसके पीछे–पीछे उसके घर तक गया। मैं बहुत खुश था। मुझे उसके घर का पता चल चुका था। अगले दिन बहुत हिम्मत करके मैं उसके घर गया। डर भी लग रहा था कि पता नहीं कौन–कौन होगा वहां? कैसे और क्या कहूंगा मैं? ऐसे ही बहुत से सवाल मन में उठ रहे थे। मैंने उन सवालों पर ध्यान दिए बिना कदमों को आगे बढ़ाना जारी रखा। उसके दरवाजे पर पहुंचकर मैंने डोरबेल बजाई। एक बुजुर्ग औरत ने दरवाजा खोला। मुझे लगा, कहीं मैं गलत घर पर तो नहीं आ गया, लेकिन इससे पहले की मैं कुछ बोलता, उन्होंने कहा – 'आओ बेटा, अंदर आओ।'

ऐसा लगा जैसे वो मुझे जानती हैं। मैं जाकर बैठ गया। मुझे हिम्मत नहीं हो रही थी कि उनसे पूछूं कि लड़की कहां है?

लेकिन ऐसा लगता था कि जैसे वो बूढ़ी दादी मेरे मन की बात पढ़ रही थीं। उन्होंने खुद ही पूछा – 'किसे ढूंढ रहे हो? अनामिका को?'

मैं उसका नाम तो नहीं जानता था, लेकिन बोल दिया – 'हां। कहां है वो?'

फिर वो बोलीं – 'तुम राजीव हो ना?'

मैं दंग रह गया कि इन्हें मेरा नाम कैसे पता है?

उन्होंने कहा – 'तुम सामने वाली बिल्डिंग में रहते हो ना?'

मैंने कहा – 'हां। लेकिन आप मुझे कैसे जानती हैं?'

वो खामोश रहीं। उस घर में और कोई नजर नहीं आ रहा था। मैं इधर–उधर देखकर उसे खोजने की कोशिश करता रहा। फिर मैंने पूछा – 'इस घर में कौन–कौन रहता है?'

उन्होंने जवाब नहीं दिया। मुझे गौर से देखे जा रही थीं। मैंने फिर पूछा – 'आप मुझे कैसे जानती हो?'

वो बोली – 'रुको, मैं अनामिका को बुलाकर लाती हूं।'

मैं खुश हो गया कि आज तो सब कुछ बोलकर ही रहूंगा। लेकिन ये बात भी दिमाग में चल रही थी कि आज तक मैं इनसे मिला नहीं, तो ये कैसे जानती हैं मुझे? फिर खुद ही अपने सवालों का जवाब देता कि शायद इसी मोहल्ले में रहता हूं, इसलिए इन्हें मालूम हो। कुछ देर बाद वो दादी एक डायरी लेकर आई।

मैंने पूछा – 'वो कहां है?'

दादी ने कहा – 'अभी वो सो रही है। तब तक ये डायरी पढ़ो।'

मैंने पूछा – 'आप कौन हैं?'

उन्होंने कहा – 'मैं अनामिका की दादी।'

मैंने तुरंत उनके चरण स्पर्श किए और उन्होंने बड़े प्यार से आशीर्वाद दिया।

मैंने जैसे ही डायरी को हाथ लगाया, मेरे पूरे शरीर में एक सिरहन सी होने लगी। मैंने जैसे ही डायरी को खोला, पहले पन्ने पर उसकी तस्वीर थी। दिल ने कहा कि तस्वीर को चूम लूं, लेकिन दिमाग ने कहा कि अभी रुको। मैं वो डायरी पढ़ने लगा। जैसे–जैसे उस डायरी के शब्द मेरे अंदर समा रहे थे, वैसे–वैसे आंसूओं की लहर उठ रही थी। मैंने खुद

को रोका और मुस्कुकराते हुए दादी से कहा – 'मैं उससे कल मिल लूंगा। क्या मैं इस डायरी को घर लेकर जा सकता हूं?'

उन्हों ने आश्चर्य से मुझे देखा और फिर अनुमति दे दी।

मैं घर आया और उस डायरी को पढ़ते–पढ़ते मेरे आंसू थम ही नहीं रहे थे। वो आंसू खुशी के थे, क्योंकि उस डायरी में अनामिका ने अपने एहसास लिखे थे। और वो सारे एहसास मेरे लिए ही थे। वो डायरी पूरी भरी नहीं थी अभी। आधी ही थी। उस आधी डायरी के आखिरी पन्नों पर उसने लिखा था – 'मैं अपने दिल की बात तुमसे बोल नहीं पाती। हर रोज मंदिर जाकर हिम्मत मांगती हूं अपने भगवान से। और हर दिन तुम्हारे दरवाजे तक आकर लौट जाती हूं, ये सोचकर कि अगर तुम्हारे दिल में मेरे लिए कोई एहसास ना हुआ तो हर दिन थोड़े वक्त के लिए जो तुम्हारा दीदार होता है, शायद वो भी नसीब ना हो।

हर दिन की तरह आज भी तुम्होरे दरवाजे से लौट आई। अगले पन्ने पर तारीख तो लिखी थी, लेकिन वो पन्ना कोरा था। वो तारीख वही थी, जिस दिन उसे मैंने पहली बार देखा था। मुझे कुछ समझ नहीं आ रहा था। मैं डायरी के हर पन्ने को बार–बार पढ़ता रहा और सुबह का इंतजार करता रहा। मैं रातभर सो नहीं पाया और सुबह 7 बजे ही उसके घर पहुंच गया।

दादी ने पूछा – 'क्या हुआ बेटा? इतनी सुबह, सब ठीक तो है ना?'

मैंने कहा – 'अनामिका से मिलना है।'

दादी बोली – 'रुको, मैं बुलाती हूं। वैसे बात क्या है? कुछ पूछना है उससे, तो मुझसे ही पूछ लो, शायद उसके आने से पहले मैं ही जवाब दे दूं।'

मुझे जवाब जानने की जल्दी थी, तो मैंने उनसे ही पूछ लिया – 'दादी ये डायरी अधूरी क्यों है? 15 दिन से उसने कुछ नहीं लिखा। जिस दिन मैंने उसे पहली बार देखा था, उस दिन की तारीख तो लिखी है, लेकिन उस पन्ने पर कुछ नहीं लिखा है। उसने डायरी लिखना छोड़ दिया या कोई और बात है?'

दादी खामोश थी और उनकी खामोशी देखकर मेरी बेचैनी बढ़ रही थी। बहुत जिद्द करने पर दादी ने बताया कि जिस शाम तुमने उसे देखा था, उसी सुबह वो मुझसे बोलकर गई थी कि दादी आज मैं उसे सब कुछ बता दूंगी। डायरी में तारीख लिख दी है कि आने के बाद फिर अपने एहसास लिखूंगी। अगर राजीव ने ना कहा तो मैं अपने एहसास लेकर इस शहर से दूर चली जाऊंगी और अगर उसने हां कहा तो अपने एहसास हमेशा के लिए उसे सौंप दूंगी।

फिर मुझे गले लगाकर वो तुम्होरे घर चली गई। जब वो तुम्हारे घर गई तो दरवाजे पर ताला लगा था। उसने मुझे फोन पर बताया कि दादी वो यहां नहीं है। मैंने कहा कि उसका फोन नंबर अगल–बगल किसी से ले लो। कोई पूछे तो बता देना कि उसके रिश्तेदार आए हैं। तुम्हारा नंबर तो उसे मिल गया, लेकिन जब उसने तुम्हें फोन मिलाया तो तुमने उठाया नहीं। फिर उसने मुझे फोन किया तो मैंने उसे कहा कि सब्र रखो, कुछ देर बाद फिर कर लेना। वो खुश तो थी, लेकिन घबराई हुई भी थी। मुझसे बात कर ही रही थी कि तभी तुम्हारा फोन आ गया। मैंने बोला कि

घर आकर बात कर ले। वो घर की ओर ही आ रही थी। मैं छत से सब कुछ देख रही थी। वो तुम्हारा फोन देखकर इतनी खुश थी कि उसने यह भी ध्यान नहीं दिया कि वो बीच सड़क पर खड़ी है। मैं छत से चिल्लाए जा रही थी, लेकिन उसने सुना ही नहीं। जैसे ही उसने तुम्हारा फोन उठाना चाहा, एक गाड़ी ने उसे टक्कर मार दी। फोन उसके हाथ से नहीं छूटा, लेकिन सांस छूट गई। उस फोन की घंटी ने उसकी जान ले ली।

मुझे समझ नहीं आ रहा था कि मैं क्या करूं? मेरे अंदर सुनामी आ गई थी। मेरे आंसू नहीं थम रहे थे। मेरे होंठो से यही निकला कि वो मुझसे प्यार करती थी और मेरे ही फोन की घंटी ने उसकी जान ले ली।

मैंने कहा – 'मुझे नहीं पता था दादी कि वो उसका नंबर था। मैं जब भी उस नंबर को मिलाता वो बंद जाता था। मुझे माफ कर दो दादी।'

दादी ने कहा – 'इसमें तुम्हांरी कोई गलती नहीं बेटा। उसके ख्बाव अधूरे थे, शायद इसीलिए इस दुनिया से जाने के बाद भी वो तुम्हें दिखती रही। वो भी तुम्हारे अंदर मोहब्बत जगाना चाहती थी। उसकी बस यही तमन्ना थी।

दादी ने मुझे अनामिका की अस्थियां दीं और बोली – 'ये तुम्हीं प्रवाहित कर दो अपनी मोहब्बत के साथ। उसकी चाहत जो अधूरी थी, वो आज पूरी हो जाएगी।'

उस वक्त मुझ पर क्या बीत रही थी, वो दर्द अल्फ़ाज़ों में बयां नहीं हो सकता। और फिर वो डायरी जो अधूरी थी, जहां अनामिका के एहसास खत्म हुए थे, मैंने अपने एहसास लिखने शुरू किए। मैंने उसके एहसास में अपने एहसास मिलाकर उस डायरी को पूरा किया।

'अधूरी नहीं रहेगी वो बंदगी तेरी,
तेरी मोहब्बत से रौशन होगी जिंदगी मेरी।'

www.ingramcontent.com/pod-product-compliance
Lightning Source LLC
LaVergne TN
LVHW100559051026
849519LV00003B/1029

समर्पण

पिता श्री सुरेश चंद शर्मा
एवं
माँ श्रीमती तनूजा शर्मा को

स्वकथ्य

'द्वार पर हैं गीत आये' एक कोशिश है प्रेम के उन पलों को सँजोकर रखने की, जिन्हें जीने के बाद ज़िन्दगी और भी ख़ूबसूरत लगने लगती है। एक प्रयास है उस जज़्बे को हृदय के धरातल पर उकेरने का जो ज़िन्दगी की मुश्किलों से संघर्ष करके जीतना चाहता है। मैं ऋणी हूँ मेरे गीतों का, मेरी कविताओं का जिन्होंने मुश्किल समय में मुझे संबल प्रदान किया और पुनः ज़िन्दगी से संघर्ष करने की हिम्मत दी, जिन्हें पाकर मैं ज़िन्दगी का अर्थ समझ पाया। जिन्होंने मुझे अपने हृदय से लगाकर मेरे सपनों को नई ज़िन्दगी प्रदान की।

मैं सदैव आभारी रहूँगा उन सभी लोगों का जिन्होंने समय–समय पर मेरे सृजन को प्रोत्साहित किया, सोशल मीडिया, ई–मेल, मैसेज एवं अन्य माध्यमों से मेरी रचनाओं को सराहा और अनेक अवसरों पर मेरे आत्मविश्वास को नई ऊर्जा प्रदान की।

अन्त में, मैं ये गीत संग्रह मुझे इस योग्य बनाने वाले पिता श्री सुरेश चन्द शर्मा और माँ श्रीमती तनूजा शर्मा को समर्पित करते हुए स्वयं को बेहद भाग्यशाली अनुभव कर रहा हूँ।

–निकुंज शर्मा

गीतों की गति में कमी आई तो एक बड़े वर्ग को ऐसा लगा जैसे गीत थम जाएगा। लेकिन गीत तो लय है और लय, संसार का आधार है। यक़ीन करने के लिए ज़्यादा दूरी तय नहीं करनी। अपने हृदय पर हाथ रखिए। वो जो धड़क रहा है, वो लय है। इसीलिए जब तक पृथ्वी है, तब तक लय है, तब तक गीत है। हाँ, एक सधे हुए गीत की तरह यति–गति का विधान तो चलेगा, लय–भंग तो होगा। यह एक चक्र जैसा है। समय–समय पर ठहराव आना निश्चित है और नियम भी, लेकिन गीत वापस आएगा। पूर्व में भी ऐसा ही हुआ है, अब भी ऐसा हो रहा है।

पिछले लगभग आधे दशक से ज़्यादा समय में नई पीढ़ी हिंदी–उर्दू साहित्य की तरफ़ तेज़ी से वापस लौटी है। अच्छा पढ़ा भी जा रहा है, अच्छा लिखा भी जा रहा है। सृजन की तरफ़ बढ़ने वाली हर कलम का स्वागत है। **निकुंज शर्मा** के इस कविता संग्रह **'द्वार पर हैं गीत आये'** के लिए उन्हें हार्दिक बधाई। नई पीढ़ी जितना अच्छा पढ़ेगी, उतना अच्छा लिखेगी। युवा रचनाकार निकुंज को अशेष आशीष के साथ अनन्त शुभकामनाएँ!

–डॉ.कुमार विश्वास
(वरिष्ठ कवि एवं गीतकार)

ये लिखते पीड़ा का अनुभव होता है कि जिस तरह ज़िन्दगी से संवेदनाएँ, वार्तालाप से समृद्ध भाषा, नई पीढ़ी से संस्कार शनैः शनैः लुप्त होते जा रहे हैं ठीक उसी तरह गीत ने भी मंच और कलम दोनों से एक दूरी बना ली है, ऐसे में यदि कोई तरुण, कोई युवा अपनी सम्पूर्ण ऊर्जा के साथ गीत का दीया प्रज्वलित कर साहित्य की देहरी पर रखता है तो मन उमंग से भर उठता है। **निकुंज** ऐसे ही प्रकाश के प्रहरी का नाम है जो गीत का दीया हाथ लिए संभावनाओं के नए द्वार खोलता हैं। शब्द भाव और छन्द विधान रस पर टिप्पणी करने हेतु मैं ख़ुद को योग्य नहीं पाता किन्तु एक पाठक की तरह जब मैं इन्हें पढ़ता हूँ तो डूबता चला जाता हूँ। जब निकुंज लिखते हैं कि किसी के हमसफ़र हो जाने से किस तरह 'ख़ुद–ब–ख़ुद रास्ता हो गया' तब प्रेम में सब कुछ सकारात्मक होने का भाव वायुमण्डल में प्रसन्नता भी बहते हुए देखता है, प्रेम विश्व का सबसे शाश्वत विषय है। इसलिए तो निकुंज पूरे अधिकार से लिखते हैं 'मुझसे ये रफ़्तार ना छीनो, जीने का अधिकार ना छीनो' गीतकार निराश होकर कभी कह भी बैठता है कि जब तिमिर घना हो तो स्वयं की परछाईं भी साथ छोड़ देती है किन्तु विश्वास की जीत में समय नहीं लगता और ये युवा रचनाकार उठ खड़ा होकर अपनी जीत के प्रति आश्वस्त होकर लिख उठता है– **'छल किये जो आँधियों ने सब विफल हैं ये दीये की साधना के पुण्य फल हैं।'**

निकुंज के गीत मुझे एक ही समय में आल्हादित करते हैं, सोचने पर विवश करते हैं, कहीं वो प्रेमिका बन बतियाते हैं तो कहीं पुष्प के स्पर्श सा सहला जाते हैं। निकुंज के गीतों की झलक तो मैं 'वाह वाह क्या बात है' की एक शूटिंग के वक़्त देख चुका था किन्तु ये परिपक्वता, ये आत्मविश्वास और ये भाव चयन इतना श्रेष्ठ रूप इतना शीघ्र लेगा ये देख कर प्रसन्न होना स्वाभाविक है। तो मित्रों एक युवा रचनाकार आपसे कह रहा है, सारे जग में मुनादी कर रहा है कि **'द्वार पर हैं गीत आये'** तो आप से ज़्यादा भाग्यशाली कौन होगा कि गीत स्वयं द्वार पर खड़े दरवाज़ा खटखटा रहे हैं, दरवाज़ा खोलिए और बाँहों में भर लीजिए प्रेम के इन गीतों को।

–शैलेश लोढा

(वरिष्ठ कवि एवं अभिनेता)

प्रिय कवि **निकुंज शर्मा** को मैं बरसों से जानता हूँ। यदाकदा कवि सम्मेलनों में मिलना हुआ और उनके काव्य पाठ से प्रभावित भी हुआ लेकिन जब उन्होंने अपना काव्य संग्रह पढ़ने को दिया तो विस्मय से भर उठा क्योंकि अब तक उनके रचना संसार की गहराई से इतना वाकिफ़ नहीं था। शब्दों का बेहद ख़ूबसूरती से प्रयोग किया है उन्होंने। उनके यहाँ शब्द व्यर्थ नहीं है और ना ही अबोले। उनकी काव्य–सरिता के हर शब्द का अपना रंग है और उसकी गति है, उनका गीत पक्ष बेहद प्रभावी है। उम्र और अनुभव की दृष्टि से निकुंज भले ही नवांकुर हों लेकिन उनकी सोच बड़ी अनुभवी है। उनके कल्पना संसार में एक गम्भीर चिंतन विराजित है जो उनकी रचनाओं को एक बड़ा आसमान दे रहा प्रतीत होता है। शब्द उनके हाथों से खेलते हुए प्रतीत हुए हैं। भाव पक्ष बेहद प्रबल है। उनका हर एक मुक्तक जैसे मोती के समान है।

मेरा विश्वास है कि आने वाला कल इस बेहद उम्दा रचनाकार का है। मंचीय प्रस्तुति में भी निकुंज अत्यन्त प्रवीण हैं। उनके मन में मंथन करते हुए शब्द जब गीत के रूप में सामने आते हैं तो वो चौंकाते हैं। एक बड़ा गीतकार उनके अंतस में समाया है। उनके गीतों को पढ़कर कहीं भी पाठक एक अनिश्चय में नहीं रहता वरन् उसे एक नया द्वार खुलता हुआ प्रतीत होता है अपने भीतर। उनके गीत पढ़ते हुए स्वयं ही गुनगुनाने का मन करने लगता है और यही उनके सरल शब्दों का जादू है।

भविष्य के एक बड़े गीतकार को हार्दिक शुभकामनाएँ! **'द्वार पर हैं गीत आये'** पाठकों की कसौटी पर खरा उतरे यही कामना है।

–दिनेश रघुवंशी

(वरिष्ठ कवि एवं गीतकार)

निकुंज, मेरे वो प्रिय मित्र हैं जिन्हें मैं अनुज कहूँ तो भी ग़लत ना होगा। मैंने उन्हें बहुत अंदर तक समझा है, जाना है। जैसी सौम्यता उनके चेहरे पर दिखती है उतना ही कोमल हृदय भी निकुंज के पास है। एक कवि के पास यदि कोई विरासत होती है तो वह है उसका दिल। इस नाते प्रिय निकुंज एक धनपति हैं। कविता के नित नए प्रयोग करना निकुंज की ख़ासियत है। निकुंज का लिखा श्रंगार हृदय की सुप्त धमनियों में भी स्पंदन उत्पन्न करने को लालायित रहता है, उनका राजनैतिक तंत्र, उनके भीतर छुपे एक बड़े हास्य कवि के चहेरे से नक़ाब हटाता दिखाई देता है।

कवि वही है जो किसी एक रस का गुलाम न हो। वरन् वो जो कहे वही कविता हो जाये। इस दृष्टिकोण से भी निकुंज एक सक्षम कलाकार हैं। अल्पायु में बड़ा नाम निकुंज ने अपनी मेहनत से पाया है। दूरदर्शन हो या सब टी.वी. पर प्रसारित होने वाला काव्य–धारावाहिक **'वाह वाह क्या बात है'**, रेडियो स्टेशन हो या एफ.एम. की रंगीन चुटकियों की दुनिया, काव्य गोष्ठियां हों या बड़े कवि सम्मेलनों के भारी भरकम मंच, सभी पर निकुंज ने अपने विजयी हस्ताक्षर किये हैं। निकुंज अभी काव्य आकाश का नन्हा सा परिंदा हैं जिसे बहुत दूरी तय करनी है। उनकी उड़ान भरने की इच्छा और उनके विचारों के पंख उन्हें वह अदभुत शक्ति प्रदत्त करें कि आने वाला समय प्रिय निकुंज का हो। ऐसी शुभकामनाओं के साथ उनके काव्य संकलन **'द्वार पर हैं गीत आये'** के लिए उन्हें शुभाशीष देता हूँ।

–सौरभ जैन 'सुमन'

(वरिष्ठ कवि)

इतनी अल्पायु में **निकुंज** में कविताओं से गहरा जुड़ाव अनुभव हुआ। नौकरी पेशे की सुलभता के दौर में वे भले ही प्रबंधन और तकनीकी की पढ़ाई करें परन्तु उनका मन गहरे से साहित्य से जुड़ा प्रतीत होता है। निकुंज की कविताएँ भावों की गहराई के साथ–साथ दर्शन की अबोध रचनात्मकता से पूर्ण हैं। जैसे कोई बच्चा बातों–बातों में दर्शन व्यक्त करे, अभिव्यक्त करे, उस पर आप अचरज करें पर आपको पता लगे कि वह उसके जीवन के आसपास का ही परिवेश है। यह जीवन को देखकर अनुभूति के साँचे में उसे ढालना है।

मेरी सोच है कि यह युवा रचनाकार जैसा सोचता है वैसा उसी भाषा में लिखता है। अर्थात सोच, चिंतन तथा लेखन की भाषा समान हो तो कविता में सहज प्रवाह और रचनात्मकता आना भी उतना ही सहज और सरल होता है। मैं उनके प्रथम संकलन **'द्वार पर हैं गीत आये'** पर शुभकामनाएँ प्रदान करती हूँ।

–डॉ रेखा व्यास

(लेखक, प्रोड्यूसर, दूरदर्शन दिल्ली)

प्रिय युवा कवि **निकुंज शर्मा** ने मुझे अपने काव्य पाठ और लेखन से हमेशा प्रभावित किया है। निकुंज कम उम्र में भी एक सक्षम कलमकार हैं उनके गीत दिल पर गहरी छाप छोड़ते हैं। निकुंज में काव्य लेखन की प्रतिभा प्रभु की ओर से स्वमेव प्राप्त है। काव्य पाठ एवं लेखन के क्षेत्र में निकुंज में असीम सम्भावनाएँ हैं। मैं युवा कवि निकुंज के गीत संग्रह **'द्वार पर हैं गीत आये'** के लिए उन्हें बहुत–बहुत शुभकामनाएँ एवं आशीष प्रदान करता हूँ।

–जगदीश मित्तल

अध्यक्ष (राष्ट्रीय कवि संगम)

अनुक्रमिका

माँ शारदे नमन तुम्हें

दो दरस पुकारते हैं ये धरा–गगन तुम्हें
सरस्वती माँ शारदे नमन तुम्हें नमन तुम्हें।

नफ़रतों के तम हटें ये, प्रेम का प्रकाश हो
ज्ञान, बुद्धि, मन, विवेक, चित्त का विकास हो
काम, क्रोध, लोभ का ना मन हमारा दास हो।

कर रहे हैं ध्यान लेके आस ये नयन तुम्हें
सरस्वती माँ शारदे नमन तुम्हें नमन तुम्हें।

वीणापाणी सप्त स्वर को कन्ठ में उतार दे
हम भँवर में वेदना के हैं फँसे, माँ तार दे
कर्म कर यूँ हम पे बिगड़ी क़िस्मतें सँवार दे।

करो प्रकाश ज्ञान का, पुकारता है मन तुम्हें
सरस्वती माँ शारदे नमन तुम्हें नमन तुम्हें।

मैं तेरा हो गया

मन के मंदिर में है एक बस तू ही तू
तू मेरे प्यार का देवता हो गया
सौंप दी ज़िंदगी अब तेरे हाथ में
मैं तेरा हो गया तू मेरा हो गया।

धूप में जैसे झुलसे परिंदे को इक
छाँव की बाँह खोले शजर मिल गया
भीड़ में जैसे मेले की बिछुड़े हुए
एक बच्चे को हो अपना घर मिल गया।

तुम बने हमसफ़र मुश्किलें कम हुईं
देखिये ख़ुद–ब–ख़ुद रास्ता हो गया
मन के मंदिर में है एक बस तू ही तू।

उम्र बीती उदासी के अँधियार में
तूने आकर हैं दिल में उजाले किये
दर्द, चाहत, मोहब्बत, ख़यालात के
सारे ख़त मैंने तेरे हवाले किये।

तेरे पहलू में ही दिल को आये सुकूँ,
सारी ख़ुशियों का तू ही पता हो गया
मन के मंदिर में है एक बस तू ही तू।

प्यार की हम नदी तर गये

जाने क्या कर गये, प्यार से भर गए
आप दिल में यूँ घर कर गए
साथ हमको मिला आपका
प्यार की हम नदी तर गए।

चैन दिल का मेरे लूट कर चल दिए
नेह बंधन से यूँ छूट कर चल दिए
इक पहेली सी ये ज़िन्दगी हो गई
पल दो पल को जो तुम रूठ कर चल दिए
दूर तुम जो गए, राग सब खो गए
बाँसुरी के सभी स्वर गए
साथ हमको मिला आपका
प्यार की हम नदी तर गए।

जब से चाहत का है सिलसिला हो गया
ग़म की दुनिया से है फ़ासला हो गया
अब ना मुझमे मेरा कुछ भी बाक़ी रहा
जो मेरे पास था, सब तेरा हो गया
प्यार में डूब कर, गुम हुए इस क़दर
जो ना करना था वो कर गए
साथ हमको मिला आपका
प्यार की हम नदी तर गए।

मेरे आवारा ख़्वाबों का घर बन गए
दिल की ख़ुशियों का कोई नगर बन गए
राह के शूल भी फूल लगने लगे
इस सफ़र में जो तुम हमसफ़र बन गए
ख़्वाब से, गीत से, चाह से, प्रीत से
पल ये झोली मेरी भर गए
साथ हमको मिला आपका,
प्यार की हम नदी तर गए।

कर ले चारों धाम ग़ज़ल

शायद तुम तक पहुँचा दे, मेरे प्यार का ये पैग़ाम ग़ज़ल
यही सोच कर लिखी है मैंने, आज तुम्हारे नाम ग़ज़ल

चाहत भरी तुम्हारी बातें
नीरज की कविताई जैसी
दिल की गहराई छू जाएँ
मानस की चौपाई जैसी

तेरे होंठ छुएँ तो जैसे कर ले चारों धाम ग़ज़ल
यही सोच कर लिखी है मैंने आज तुम्हारे नाम ग़ज़ल

मेरे हर इक भाव सुमन में
इस दिल के हालात छुपे हैं
लफ़्ज़–लफ़्ज़ में जाने कितने
प्यार भरे जज़्बात छुपे हैं

प्यार की इस महफ़िल में शायद आ जाये कुछ काम ग़ज़ल
यही सोच कर लिखी है मैंने आज तुम्हारे नाम ग़ज़ल

मन के बीच तुम्हारे मेरे
कोई तो अनुबंध छिपा है
इक सच्चाई है जन्मों से
कोई तो सम्बन्ध छिपा है

सुबह बनारस के जैसी तुम और अवध की शाम ग़ज़ल
यही सोच कर लिखी है मैंने आज तुम्हारे नाम ग़ज़ल

प्यार की पथरीली राहों में
मुश्किल हर पल साथ रही है
तुम क्या जानो क़दम–क़दम पर
मैंने कितनी पीर सही है

शायद दिल की इन चोटों को पहुँचा दे आराम ग़ज़ल
यही सोच कर लिखी है मैंने आज तुम्हारे नाम ग़ज़ल।

दर्द की धूप में चैन की छाँव में

हर घड़ी तुम मेरे साथ रहना प्रिये, दर्द की धूप में चैन की छाँव में
तुमने जाना मुझे, एक पहचान दी, अजनबी सा था मैं प्यार के गाँव में

ज़िन्दगी के क़दम लड़खड़ा जायेंगे
प्यार का गर जो पथ में सहारा ना हो
ग़म की बाज़ी में वो जीत पाता नहीं
प्यार के खेल में दिल जो हारा ना हो
हार कर भी वो सब जीत जाता है जो, हार बैठा हो सब प्यार के दाँव में
हर घड़ी तुम मेरे साथ रहना प्रिये...

तुम ना थे तो अधूरी थी ये ज़िन्दगी
एक पल था मेरा इक सदी की तरह
तुमने जीवन को ख़ुशियों से तर कर दिया
तुम हो चाहत के जल की नदी की तरह
ग़म के तूफ़ान का डर न कोई रहा, साथ बैठे जो तुम प्यार की नाव में
हर घड़ी तुम मेरे साथ रहना प्रिये...

भीड़ थी लाख हर इक क़दम पे मगर
भीड़ में कोई लेकिन हमारा ना था
जूझती रोज़ तूफ़ां से कश्ती मेरी
थे भँवर ही भँवर पर किनारा ना था
मुश्किलें राह की हो गई सब धुआँ, तुम मिले हो तो हैं मंज़िलें पाँव में
हर घड़ी तुम मेरे साथ रहना प्रिये...

इन निगाहों में

कौन जाने आ बसा है इन निगाहों में

जिस तरह उतरे गगन से धूप वादी में समाये
बर्फ़ की चादर में लिपटी चाँदनी झेलम में आये
सुर्ख़ चेहरा चाँद सा है लब गुलाबों से खिले हैं
नैन हैं या कि फिरोज़ी रंग बादल में घुले हैं

आ गया हो ज्यों मेरे कश्मीर बाँहों में
कौन जाने आ बसा है इन निगाहों में

रूप की बहकी सुनहरी धूप के ये जाम लेकर
बढ़ रही हैं धड़कने अब तो तुम्हारा नाम लेकर
दफ़्न हैं अल्फ़ाज़ कितने गीत ढल पाते नहीं हैं
बोलना चाहते हैं लब कुछ बोल भी पाते नहीं हैं

एक मुसाफ़िर मिल गया है दिल की राहों में
कौन जाने आ बसा है इन निगाहों में

पास आता पल

प्यार की सौग़ात लाता, कल दिखाई दे रहा है
क्या तुम्हें भी पास आता पल दिखाई दे रहा है

गा रहा है गीत सावन
बन रही है साँझ दुल्हन
नाचती फिरती हवाएँ
प्यार से महकी दिशाएँ

मन की वीणा का ये मधुरिम स्वर सुनाई दे रहा है
क्या तुम्हें भी पास आता पल दिखाई दे रहा है

झिलमिलाते ये सितारे
पूर्ण होते स्वप्न सारे
दूर जाती वेदनाएँ
और सुख की ये घटाएँ

ख़ुशनुमा साँसों से झंकृत स्वर सुनाई दे रहा है
क्या तुम्हें भी पास आता पल दिखाई दे रहा है।

हो गए हम तो तुम्हारे

हो गए हम तो तुम्हारे

प्यार की सौग़ात लेकर
अनकही इक बात लेकर
नेह की बरसात लेकर
और मिलन की रात लेकर

दे रहे कुछ ख़्वाब दस्तक
द्वार पे दिल के हमारे
हो गए हम तो तुम्हारे

श्वास के हर एक कण में
और ज़िंदगी के हर क्षण में
उतर गये जब से तुम मन में
है बस इक तस्वीर नयन में

पढ़ लिए मैंने हृदय से
प्यार के अब ग्रंथ सारे
हो गये हम तो तुम्हारे

इस डगर से उस डगर हम
फिर रहे थे दर–ब–दर हम

प्यार से थे बेख़बर हम
और तरसे उम्र भर हम

ढूँढते हों ज्यों नदी को
प्यास से भटके किनारे
हो गये हम तो तुम्हारे

गर प्रियतम ना पाते मन का
कैसे दीप जलाते मन का
किसको भेद बताते मन का
किससे मर्म जताते मन का

प्यार की बाज़ी तो जीते
हाँ मगर ख़ुद को हैं हारे
हो गये हम तो तुम्हारे।

प्यार का पहला ये ख़त है

वक़्त की साज़िश के घेरे
वेदना के ये अँधेरे
और ख़ुशियों के सवेरे
कर रहा हूँ नाम तेरे

तुम मेरे गुमनाम ख़त को
इक अमिट पहचान देना
प्यार का पहला ये ख़त है

सपन उजालों के टूटे हैं
अँधियारों ने आ लूटे हैं
आँखों से दरिया फूटे हैं
प्यार भरे मौसम रूठे हैं

तुम मेरे शब्दों में ठहरी
पीर का सच जान लेना
प्यार का पहला ये ख़त है

हम ज्यों नभ से टूटा तारा
किसने समझा दर्द हमारा
लेकर चाहत की जलधारा
ढूँढे बेसुध नदी किनारा

मैंने तुमको अपना माना
अब तुम भी मुझको अपनाना
प्यार का पहला ये ख़त है

भरके प्रेम भावना मन में
ख़्वाबों का संसार नयन में
चाहत से भीगे सावन में
प्रिये चले आना जीवन में

प्रेम की इस साधना को
तुम नए दिनमान देना
प्यार का पहला ये ख़त है।

अँधेरों से उजालों तक

मुझे गुमनाम ख़्वाबों से मोहब्बत के ख़यालों तक
तुम्हारा प्यार ले आया अँधेरों से उजालों तक

मेरे दिल को ये चाहत का ख़ज़ाना मिल नहीं पाता
कि टूटे साज़ को कोई तराना मिल नहीं पाता
ना ख़ुद को जान पाता मैं अगर जो तुम नहीं मिलते
मेरे सपनों के पंछी को ठिकाना मिल नहीं पाता

समय की क़ैद से मुझको गगनचुम्बी उड़ानों तक
तुम्हारा प्यार ले आया अँधेरों से उजालों तक

तुम्हारे ख़त से लिपटी है सनम इक़रार की ख़ुशबू
करे मदहोश चाहत से भरी रसधार की ख़ुशबू
करो महसूस साँसों का हर इक क़तरा महकता है
घुली है यूँ हवाओं में तुम्हारे प्यार की ख़ुशबू

तुम्हें माँगा दुआ में रोज़ मस्जिद से शिवालों तक
तुम्हारा प्यार ले आया अँधेरों से उजालों तक।

तुमको सौंपता हूँ

दर्द, आँसू, चाह, टूटन, प्यार तुमको सौंपता हूँ
मैं हर इक क्षण का मेरे अधिकार तुमको सौंपता हूँ

मैं ग़मों की धूप में हिमखंड सा गलता रहा हूँ
प्रीत का उजियार तम के भाल पे मलता रहा हूँ
कर रहा हूँ श्वांस का हर एक कण तेरे हवाले
अब नहीं जाते हृदय में दर्द के मौसम सँभाले

अश्रु रक्खूँ या रखूँ इनको नयन में
अपने ख़्वाबों का ये संसार तुमको सौंपता हूँ
मैं हर इक क्षण का मेरे अधिकार तुमको सौंपता हूँ

तुम मिले पतझड़ भी ये मधुमास में ढलने लगे हैं
दीप अंतस में अनेकों चाह के जलने लगे हैं
इक तुम्हारे प्यार का जब से मिला मुझको सहारा
है यक़ीं तूफ़ान में भी मिल ही जाएगा किनारा

अब डुबा दो या बचा लो तुम मुझे
ज़िंदगी की नाव की पतवार तुमको सौंपता हूँ
मैं हर इक क्षण का मेरे अधिकार तुमको सौंपता हूँ।

मन से मन का मिलन

तन से हम तुम भले पास हों या ना हों
मन से मन का मिलन गीत गाते रहें

है बिछड़ना हमें ये तो तय है मगर
सोच कर बस यही आँख हैं नम नहीं
भाग्य रेखाओं में हो भले ना मिलन
प्यार पाया तुम्हारा यही कम नहीं

मंज़िलें प्यार के भाग्य में हों ना हों
प्रीत की रीत यूँ ही निभाते रहें

वक़्त की साज़िशें, कोशिशें हैं यही
दर्द, ग़म से मेरा वास्ता कर सके
देह को देह से दूर कर दे भला
ये ना सम्भव कि दिल से जुदा कर सके

नफ़रतों की भले आँधियाँ लाख हों
दीप चाहत के दिल में जलाते रहें।

प्यार ज़रूरी है

क़दम क़दम पर शूल बिछे हैं राहों में
साथ चले मंज़िल तक प्यार ज़रूरी है

जिनके मन में प्यार नही होता उनका
मन–आँगन सूना–सूना है ख़ाली है
प्यार अगर हो तो हर इक पल उत्सव है
दिन होली है हर इक रात दिवाली है
निष्छल ख़ुशियों का इक महल बनाने को
प्यार का इक सच्चा आधार ज़रूरी है

बिना प्यार की निर्झर, अविरल धारा के
फूल कभी रिश्तों के नहीं खिला करते
प्रेम सिंधु में डूब, खोजने पड़ते हैं
सहज प्यार के मोती नहीं मिला करते
जीवन की कश्ती को पार लगाने को
संग प्यार की हो पतवार ज़रूरी है

अगर प्यार की सच्ची लगन लगा ले तो
मन मंदिर जैसा पावन हो जाता है
आँगन में ख़ुशियों के मेघ बरसते हैं
पतझड़ भी ढलकर सावन हो जाता है
तन्हाई में तपते मन के मरुथल में
चाहत के जल की बौछार ज़रूरी हैं।

तुम पढ़ लोगे तो

भेज रहा हूँ तुम तक ख़त में चाहत का पैगाम प्रिये
तुम पढ़ लोगे तो कर लेंगे गीत ये चारों धाम प्रिये

मैं सूनी तिमिर पुकार प्रिये
तुम आँगन दीप उजागर हो
मैं विरह की सूखी नदिया
तुम रसिक प्रेम का सागर हो

महक रहा हूँ जब से लब पे लिया तुम्हारा नाम प्रिये
तुम पढ़ लोगे तो कर लेंगे गीत ये चारों धाम प्रिये

मीरा सी तुम प्रेम साधिका
गंगाजल सी पावन हो
तुम मानस की चौपाई सी
तुम राधा सी मनभावन हो

तुम जिस आँगन में पाँव धरो बन जाए वो ब्रजधाम प्रिये
तुम पढ़ लोगे तो कर लेंगे गीत ये चारों धाम प्रिये।

मन बैरागी बन बैठा

मन बैरागी बन बैठा बस तुम संग प्रीत लगाने को
गीत ग़ज़ल में तुमको ही लिखता हूँ मन बहलाने को

सुर्ख़ गुलाबी होंठ तुम्हारे, सूरत प्यारी–प्यारी
नयन बनाएँ मन के काग़ज़ पर तस्वीर तुम्हारी
दीदी ने है देख ली शायद तभी तो मुझे चिढ़ाए
बड़ा झगड़ कर दी थी जो तुमने तस्वीर तुम्हारी

कविताओं के पन्नों में रक्खी थी सबसे छुपाने को
गीत ग़ज़ल में तुमको ही लिखता हूँ मन बहलाने को

मेरे अंतर्मन पर छाया ऐसा जादू तेरा
तू मुस्काई तो मुस्काया हर इक लम्हा मेरा
तेरी कंचन काया जैसे सुकूँ भरी पुरवाई
तू घूँघट खोले गोरी तो मौसम ले अँगड़ाई

तरसे मन का बादल कब से प्रेम सुधा बरसाने को
गीत ग़ज़ल में तुमको ही लिखता हूँ मन बहलाने को।

हम तुम्हारे प्यार में

जी रहे हैं रात दिन अजब से इक ख़ुमार में
जाने क्या से क्या हुए हैं हम तुम्हारे प्यार में

मंज़िलें थी पास जब तो रास्ते बदल दिये
छोड़ कर हमें यूँ बीच राह से हो चल दिये
वक़्त ने भी थे हमारे नाम कैसे पल किये
प्यार की पनाह में थे प्यार ने ही छल किये

धूल बनके उड़ गये हैं स्वप्न सब गुबार में
जाने क्या से क्या हुए हैं हम तुम्हारे प्यार में

हो रही हैं अनसुनी दुआओं में असर नहीं
लग रहा है जैसे दर्द–रात की सहर नहीं
जाने आ गये कहाँ पे कुछ हमें ख़बर नहीं
जिसमें साथ तुम नहीं हो वो सफ़र, सफ़र नहीं

बह गए हैं ख़्वाब सारे आँसुओं की धार में
जाने क्या से क्या हुए हैं हम तुम्हारे प्यार में।

प्यार की राह में

इतने भी तुम हमारे क़रीब आओ ना
दूर जाने में तुमसे ज़माने लगें
रूप सुन्दर सलोना लिए प्यार के
ख़्वाब नींदों में आकर सताने लगें

तुम हो कोई खिला सा कमल रूप का
बारिशों में धुला सा चमन रूप का
चाँदनी बन के बिखरे तुम्हारी महक
देख के रूप ये मन ना जाये बहक

थाम लो लफ़्ज़ होंठों पे ही यूँ ना हो
गीत में हम तुम्हें गुनगुनाने लगें

तुम कोई प्यार का ख़ुशनुमा पत्र हो
संदली ख़ुशबुओं से भरा इत्र हो
कुछ पलों में समेटे सदी प्यार की
तुम हो जैसे कि चंचल नदी प्यार की

भूल के सारे पथ हम कहीं यूँ ना हो
प्यार की राह में आने जाने लगें
इतने भी तुम हमारे क़रीब आओ ना।

नैनों की भाषा में बोलो

आज मिलन की इस बेला में प्रेम भरा मधुरिम रस घोलो
इन अधरों को चुप रहने दो, नैनों की भाषा में बोलो

शब्दों के ये ताने–बाने
उर में खिलता कँवल हुए हैं
तुमने जब से छुआ लबों से
एक मुकम्मल ग़ज़ल हुए हैं

तुम में भी इक ग़ालिब है क्या, ढूँढो दिल का नगर टटोलो
इन अधरों को चुप रहने दो नैनों की भाषा में बोलो

मन ने मन को सौंप दिया सब
तब साँसों का चंदन महका
हुए प्यार की ख़ुशबू में तर
और रात भर तन मन बहका

जो अब तक भी रहे अनलिखे मन में छुपे पत्र सब खोलो
इन अधरों को चुप रहनें दो नैनों की भाषा में बोलो।

मेरी आवारगी मेरी दीवानगी

मेरी आवारगी मेरी दीवानगी और थोड़ी सी तुम भी दीवानी बनी
तुमसे लड़ना झगड़ना मनाना तुम्हें, तब कहीं जाके अपनी कहानी बनी

हर घड़ी हर डगर तुम बनी हमसफ़र
इसलिए साथ छूटे ना डरता हूँ मैं
काँच के ख़्वाब हैं, दिल पे भी घाव हैं
टूट ना जाएँ तूफ़ां से डरता हूँ मैं

दर्द ही दर्द हैं राह में हर तरफ़, हर ख़ुशी अब तो आँखों का पानी बनी
मेरी आवारगी मेरी दीवानगी और थोड़ी सी तुम भी दीवानी बनी

चाहतों की यूँ तपती हुई आँच से
मोम सा दिल है मेरा पिघल जाएगा
फिर से यूँ मुस्कुराकर जो देखोगे तुम
सच है पतझड़ भी सावन में ढल जाएगा

प्यार का जबसे मुझपे करम है हुआ, उत्सवों से भरी ज़िंदगानी बनी
मेरी आवारगी मेरी दीवानगी और थोड़ी सी तुम भी दीवानी बनी।

मन बहकने लगा

भीगी रातों में तुम पास आये प्रिये, साँसों के ताप से मन दहकने लगा
रुप पावन सा देखा तुम्हारा तो फिर, ख़्वाब जगने लगे मन बहकने लगा

राज़ कोई न दिल में छुपा अब रहे
है छिपाया जो बरसों से अब बोल दो
मुद्दतों से तरसती मेरी साँस में
प्यार की ख़ुशबुओं को ज़रा घोल दो

दिल के आँगन में तुमने रखे जो क़दम, ख़ुशबुओं से ये जीवन महकने लगा
रुप पावन सा देखा तुम्हारा तो फिर, ख़्वाब जगने लगे मन बहकने लगा

बात कितनी अधर पर रहीं अनकही
ख़्वाब कितने हमेशा रहे अनछुए
हम अधूरे से थे उम्र भर बिन तेरे
तुम मिले आज तो हम हैं पूरे हुए

ढल गई रात ग़म की सवेरा हुआ, प्रेम का मन में पंछी चहकने लगा
रूप पावन सा देखा तुम्हारा तो फिर, ख़्वाब जगने लगे मन बहकने लगा।

चाँद को देखकर

चाँद को देखकर मन ये कहने लगा
मेरे जैसा है तू, तेरे जैसा हूँ मैं

भाग्य में क्यूँ लिखी सिर्फ़ आवारगी
सोचता तू भी है, सोचता मैं भी हूँ
लक्ष्य जो हैं वो सब पा सकूँ इसलिये
जागता तू भी है, जागता मैं भी हूँ

पीर सौंपी जो ग़म की घटाओं ने है
मौन सहता है तू, मौन सहता हूँ मैं

इन अँधेरों पे उजियार की जीत की
प्यास तुझको भी है, प्यास मुझको भी है
हर ख़ुशी लाएगी आने वाली सुबह
आस तुझको भी है, आस मुझको भी है

राह में रोकते डर के अँधियार से
रोज़ लड़ता है तू, रोज़ लड़ता हूँ मैं।

तेरे प्यार में

नाप लूँगा गगन मैं तेरे प्यार में, बस ये अहसास मन में समाता गया
लफ़्ज़ होंठों पे जो तेरे थे प्यार के, मैं उन्हीं को ग़ज़ल कह के गाता गया

ज़िंदगी हर क़दम लड़खड़ाई तो क्या
शाम तन्हाइयों में बितायी तो क्या
दिल के पत्थर पे मूरत उभर ही गई
उम्र भर चोट तुमने लगायी तो क्या

आँधियों के इरादे तो अच्छे ना थे, नीड़ सपनों का फिर भी बनाता गया
नाप लूँगा गगन मैं तेरे प्यार में...

दूरियाँ इस तरह ज़ुल्म ढाती रहीं
पीर की राह पर थी चलाती रहीं
उम्र भर प्यास मन में रही अनबुझी
उम्र भर आस धीरज बँधाती रही

नफ़रतों का अँधेरा घना था मगर, हर डगर नेह दीपक जलाता गया
नाप लूँगा गगन मैं तेरे प्यार में...

इक कहानी प्यार की

जैसे पर पे तितलियों के ख़ुशबुएँ बहार की
मैं दिलों पे लिख रहा हूँ इक कहानी प्यार की

आँसुओं ने छीन ली है इक ख़ुशी की ज़िंदगी
बाँध ने जकड़ रखी हो ज्यों नदी की ज़िंदगी
नफ़रतों का घर हुयी है हर किसी की ज़िंदगी
ग़म में डूबी स्याह रात आदमी की ज़िंदगी

कोई ग़म को भेजे जैसे चिट्ठियाँ क़रार की
मैं दिलों पे लिख रहा हूँ इक कहानी प्यार की

दीप बनके जो कभी हवाओं को खले नहीं
ख़्वाब जिनके मन मैं कभी प्रीत के पले नहीं
यादों की पनाह में जो साँझ से ढले नहीं
सारे पथ चले मगर जो प्रेम पथ चले नहीं

धुन उन्हें सुना रहा हूँ इश्क़ के ख़ुमार की
मैं दिलों पे लिख रहा हूँ इक कहानी प्यार की।

उम्र भर हम यूँ ही

उम्र भर हम यूँ ही राह तकते रहे
उम्र भर मन हमारा तरसता रहा

भाव कितने हृदय में ही ठहरे रहे
गीत कितने जबाँ पर नहीं आ सके
जो ना चाहा था वो तो है सब पा लिया
तुमको चाहा तुम्हें हम नहीं पा सके

दिल की दुनिया में छाई उदासी रही
उम्र भर ग़म का बादल बरसता रहा

जो लिखे थे तुम्हारे लिए प्रेम के
गीत दुनिया मेरे गुनगुनाए तो क्या
साथ तुम जो नहीं, व्यर्थ है हर ख़ुशी
सुख की घड़ियाँ भले लाख आएँ तो क्या

टूट जाएगा हमको ये मालूम था
फिर भी आँखों में इक ख़्वाब पलता रहा

चाँद अम्बर से उतरता क्यों नहीं है

हैं खड़े कब से प्रतीक्षा में नयन ये
चाँद अम्बर से उतरता क्यों नहीं है

इक झलक दिखला के तरसा के हमें
मेघ के परदे में छुप जाना उचित है
चाहता हो जो तुम्हे सच्ची लगन से
क्या उसे दिन रात तड़पाना उचित है

राह तकते थक गयीं आँखें हमारी
अश्क का दरिया उतरता क्यों नहीं है
हैं खड़े कब से प्रतीक्षा में नयन ये
चाँद अम्बर से उतरता क्यों नहीं है

जी रहे हैं हम तुम्हारे ही सहारे
बिन तुम्हें देखे भला कैसे जियें हम
मन मिलन की प्यास में व्याकुल है कब से
और कब तक ये विरह का विष पियें हम

थक गये हैं अश्रु ये पलकें भिगोते
पीर का पर्वत पिघलता क्यों नहीं है
हैं खड़े कब से प्रतीक्षा में नयन ये
चाँद अम्बर से उतरता क्यों नहीं है।

मौसम ये तन्हाई का

आँखों के दरिया भी सारे सूख गए
कब बीतेगा मौसम ये तन्हाई का

अँधियारों ने चमक छीन ली सूरज की
आँखों को उजियार नहीं मिल पाता है
नफ़रत के बाज़ार सजे पर दुनिया में
ढूँढे से भी प्यार नहीं मिल पाता है

घोर तिमिर जब घेर लिया करते पथ में
साथ नहीं मिलता अपनी परछाईं का

उम्मीदों का चाँद तो रोज़ निकलता है
सपनों का उपवास नहीं पूरा होता
जाने कब दहलीज़ पे लौटेंगी दिल की
ख़ुशियों का वनवास नहीं पूरा होता

जाने कब से ढूँढ रहा हूँ मैं लेकिन
भेद नहीं मिलता दिल की गहराई का।

दिल के हर मोड़ पर

दिल के हर मोड़ पर हूँ अकेला खड़ा
मुझसे राहें तेरी अब जुदा हो गयीं
जो कहा सो कहा भूल थी ये मेरी
अपना माना तुम्हें ये ख़ता हो गई

कल था देखा तुम्हें मैंने उस मोड़ पर
जिसपे मिलती थीं तुम चाँदनी ओढ़ कर
थी फ़िज़ाओं में छाई उदासी बहुत
तुम खड़ी थीं वहाँ मुझसे मुँह मोड़ कर

अब ना लौटूँगा मैं, यूँ ना आवाज़ दो
तेरी गलियों से अब ये रज़ा हो गई
दिल के हर मोड़ पर

ऐसा व्याकुल है मन प्यार की डोर पर
जैसे सागर में हों तैरती कश्तियाँ
मैं तो चलता रहा हर गली हर शहर
दिल में बस ही गयीं प्यार की बस्तियाँ

खुल के हँसना तो अब दूर की बात है
मुस्कराहट भी जैसे सज़ा हो गई
दिल के हर मोड़ पर

ये सफ़र इश्क़ में

लाख मुश्किल भरी हों डगर इश्क़ में
ख़त्म हो ना कभी ये सफ़र इश्क़ में

उम्र भर यार भटके हैं हम इस तरह
बिन किनारे की कश्ती हों हम जिस तरह
क्या करूँ तुम कहो, प्यार की राह में
रोक लूँ अब ये बढ़ते क़दम किस तरह

तुम कहो दर्द–ए–दिल की दवा क्या करें
हर दवा हो गई बेअसर इश्क़ में
लाख मुश्किल भरी हों डगर इश्क़ में

नैन–जल में खिले इक कमल हो गए
दर्द जागा तो पत्थर सजल हो गए
वेदनाओं के साये में थे अश्क जो
शेर में ढल गए और ग़ज़ल हो गए

मुद्दतों जब कोई रहनुमा ना मिला
दर्द काग़ज़ पे आये उतर इश्क़ में
लाख मुश्किल भरी हों डगर इश्क़ में

चाँद उतर आया अम्बर से

सूने–सूने से पथ सारे
तेरी याद खड़ी है द्वारे
तन्हाई फिर घेर रही है
फिर अश्कों के बादल बरसे
चाँद उतर आया अम्बर से

यादों पर है एक कुहासा
फिर जागी मन में इक आशा
फिर व्याकुल बाँहों के घेरे
तेरे आलिंगन को तरसे
चाँद उतर आया अम्बर से

करके सपनों को वनवासी
देकर मुझको घोर उदासी
दबे पाँव फिर लौट गयीं हैं
नींदें इन आँखों के दर से
चाँद उतर आया अम्बर से

द्वारे दीप जला रहने दो

रही दिलाती याद उन्होंकी
कब उतरी तस्वीर ज़ेहन से
जब से दूर हुए वो हमसे
दूर हुई है नींद नयन से

प्रियतम की सुधि में, ख़्वाबों के
दरिया मैं मुझको बहने दो
द्वारे दीप जला रहने दो

रहा बिछुड़ कर ही जीना बस
मेरी चाहत के क़िस्से में
मानो विधि ने लिखे विरह के
ग़म सारे मेरे हिस्से में

इन सारी दुःख की घड़ियों को
मुझको तन्हा ही सहने दो
द्वारे दीप जला रहने दो

हमने काटी हैं यूँ घड़ियाँ
करवट सारी रात बदलकर
सपने मिलन भरे लम्हों के
बिखर रहे अश्कों में ढलकर

यादों का तूफ़ां मत रोको
पीड़ा के पर्वत ढहने दो
द्वारे दीप जला रहने दो

प्यासी रही धरा ये मन की
बिन बरसे ही बीते बादल
और हमें ये दुनिया वाले
बता रहे चाहत में पागल

दुनिया की परवाह किसे है
दुनिया जो चाहे कहने दो
द्वारे दीप जला रहने दो।

ओ! मेरे हमराह सुनो

ओ! मेरे हमराह सुनो
जब बीच सफ़र में कहीं मेरे
ये क़दम लगें डगमग होने
जब मुझे निराशा आ घेरे
जब ह्रदय लगे धीरज खोने

तब हाथ मेरा थामे मुझको
कुछ दूर सहारा दे देना
ओ! मेरे हमराह सुनो

हों सागर में तूफ़ान घने
क़दम–क़दम विपदायें हों
जीवन की नाव डुबाने को
आतुर जब तेज़ हवाएँ हों

गर बीच भँवर में कश्ती हो
तो उसे किनारा दे देना
ओ! मेरे हमराह सुनो

उम्मीदें जब विचलित हों
बाधाओं से मन घबराये
जब धूप ग़मों की आने से
ये फूल ह्रदय का मुरझाये

प्यासे मन के इन पौधों को
साथी जल–धारा दे देना
ओ! मेरे हमराह सुनो

सुख में थे साथी बहुत मगर
दुःख में अब पास नहीं कोई
बस एक तुम्हीं से आस हमें
दुनिया से आस नहीं कोई

बस तुम पर है विश्वास हमें
तुम साथ हमारा दे देना
ओ! मेरे हमराह सुनो।

गीत सब तुमको समर्पित!

छंद, कविता ये तराने
मिल गए मुझको ख़ज़ाने
आज इस अनमोल धन को
कर लिया मैंने भी अर्जित
गीत सब तुमको समर्पित!

था अभी तक मैं अधूरा
हो गया हूँ आज पूरा
पा लिया तुमको तो ख़ुद को
कर रहा महसूस गर्वित
गीत सब तुमको समर्पित!

साथ पाया है तुम्हारा
काव्य ने जीवन सँवारा
तुम मिले तो कर दिया है
हौसलों से भय पराजित
गीत सब तुमको समर्पित!

पंखों को जैसे मिला आसमां

मेरे पंखों को जैसे मिला आसमां
तूने बख़्शी जो शब्दों की जादूगरी
काव्य की रीती का निर्वहन मैं करूँ

देह में श्वांस जब तक रहे आख़िरी
मेरे पंखों को जैसे मिला आसमां।

है बहुत मुझपे तेरा करम शुक्रिया
गीतों ग़ज़लों का मुझको ख़ज़ाना दिया
ये सृजन सौंप कर ज़िंदगी की मुझे
इक वजह सौंप दी इक बहाना दिया
फूल शब्दों के तुझको समर्पित किये

वंदना हो गई शायरी ये मेरी
मेरे पंखों को जैसे मिला आसमां।

दर–ब–दर फिर रहे थे मेरे ख़्वाब जो
इक सुरक्षित सा उनको ठिकाना मिला
स्वर मिले सुप्त वीणा को मन की मेरे
सुरमई इक मधुरिम तराना मिला
टूटा फूटा मुकद्दर सँवर ही गया

हो गई मुझपे जब से नज़र ये तेरी
मेरे पंखों को जैसे मिला आसमां।

मैं स्वयं से दूर होता जा रहा हूँ

व्यर्थ ही दु:ख के पलों की डोर में
अश्रु के मोती पिरोता जा रहा हूँ
मैं स्वयं से दूर होता जा रहा हूँ

सोचता हूँ पुष्प जैसे सौम्य जग में
शूल चुभते पीर के दिन रात पग में
ज़िंदगी संगम है बस दो चार क्षण का
ये महज़ त्यौहार है जीवन मरण का

व्यर्थ ही व्याकुल मैं इन नैनों के घट में
अश्रुजल का भार ढोता जा रहा हूँ
मैं स्वयं से दूर होता जा रहा हूँ

वक़्त की इन साज़िशों का और छल का
कौन कर पाया भला प्रतिरोध कल का
फिर जगत की वेदना पाता नहीं है
जो गया वो लौट कर आता नहीं है

व्यर्थ ही मैं पथ प्रतीक्षा कर रहा हूँ
व्यर्थ ख़्वाबों को सँजोता जा रहा हूँ
मैं स्वयं से दूर होता जा रहा हूँ।

अब उजियार होगा

हैं खड़ी सम्भावनाएँ द्वार, अब उजियार होगा
मान बैठा है अँधेरा हार, अब उजियार होगा

रात भर लड़ता रहा तम से निरन्तर
रात भर बढ़ता रहा जो लक्ष्य पथ पर
छल किये जो आँधियों ने सब विफल हैं
ये दीये की साधना के पुण्य फल हैं

स्वप्न होने जा रहे साकार, अब उजियार होगा
हैं खड़ी सम्भावनाएँ द्वार, अब उजियार होगा

क्षीण होने ना दिया उत्साह मन का
कर रहा है सामना तूफ़ान घन का
थरथराती श्वांस की बाती सँभाले
जोड़कर बुझती हुई लौ की मशालें

कर रहा इक सूर्य को तैयार, अब उजियार होगा
हैं खड़ी सम्भावनाएँ द्वार, अब उजियार होगा

तोड़ कर अवरोध सारे, ज्योति पथ पर
चल दिया होकर अडिग कर्तव्य पथ पर
कर दिया उजियार को सर्वस्व अर्पण
काम आया लक्ष्य की ख़ातिर समर्पण

श्रम नहीं जाता कभी बेकार, अब उजियार होगा
हैं खड़ी सम्भावनाएँ द्वार, अब उजियार होगा

हो गयीं संघर्ष से उजली दिशाएँ
थक गयीं कर के जतन बैरन हवाएँ
हार कर, तम की दीवारें ढह गई हैं
रौशनी उन्मुक्त होकर कह रही है

एक दिनकर का हुआ अवतार, अब उजियार होगा
हैं खड़ी सम्भावनाएँ द्वार, अब उजियार होगा

सपनों को मरने मत देना

सच है सपने सच होते हैं
सपनों को मरने मत देना

शूल भले राहों में आयें
अँधियारे ये दिशा भुलायें
कोई कितना भी पथ रोके
रखना मन में आस सँजोके

पर्वत सी कठिनाई हो पर
हिम्मत को डरने मत देना
सच है सपने सच होते हैं
सपनों को मरने मत देना

इक नया विश्वास लेकर
मंज़िलों की प्यास लेकर
देखना उम्मीद वाला
एक दिनकर फिर उगेगा

हर तरफ़ उजियार होगा
दीप का त्यौहार होगा
हौसलों का ज्वार मन में
देखना फिर जी उठेगा

साँसों में संघर्ष सँजोना
कोशिश को थमने मत देना
सच है सपने सच होते हैं
सपनों को मरने मत देना।

मन कितना अकेला रह गया है

मैं नदी के तीर बैठा सोचता हूँ
वक़्त के तूफ़ान में सब बह गया है
आज मन कितना अकेला रह गया है

आज कोई गीत न उतरा ज़ेहन में
सो रही हैं कामनाएँ सुप्त मन में
रात सहमी चाँद कुछ गम्भीर सा है
और आँखों में भी खारा नीर सा है
पर ना हारो हौसला धीरज धरो

टूट कर पलकों से आँसू कह गया है
आज मन कितना अकेला रह गया है

गूँजते थे स्वर बहारें नाचती थीं
नित्य चाहत से भरे ख़त बांचती थीं
प्रेम से हर कोण मन का था अलंकृत
था मिलन के राग से हर साज़ झंकृत
वो गया है छोड़ कर जबसे मुझे यूँ

जिस्म इक माटी का ढेला रह गया है
आज मन कितना अकेला रह गया है

जब लगी थी आग ख़्वाबों के चमन में
कब छलकने था दिया पानी नयन में
पर अभी तक बात ना ये भूल पाये
फूल के बदले जो हमने शूल पाये

प्यार की बुनियाद पर ही था टिका मन
की वो ख़ुशियों का महल जो ढह गया है
आज मन कितना अकेला रह गया है।

अब कोई ऐसे ना रिश्ते हैं ना नाते
मंज़िलों तक जो सफ़र में साथ जाते
दूसरों के दर्द में आँसू बहायें
साथ बाँटें जो हमारी वेदनाएँ

वो ही जीवन की ये कश्ती खे सका
जो पीर पर्वत सी अकेले सह गया है
आज मन कितना अकेला रह गया है।

मैं हारा नहीं हूँ

जीत की है आस मैं हारा नहीं हूँ
है अभी विश्वास मैं हारा नहीं हूँ

जीतना ही ज़िंदगी का अर्थ है
भय में हार के रहूँ ये व्यर्थ है
दीप बन हवाओं को खला हूँ मैं
तम को जीत सूर्य सा जला हूँ मैं

ये मेरी फ़ितरत, अँधेरे छाँटना
हैं उजाले पास मैं हारा नहीं हूँ
जीत की है आस मैं हारा नहीं हूँ

ख़ुद हृदय के घाव को जो सी सका
अमृतों को छोड़ विष को पी सका
बस उसे ही मंज़िलें मिली यहाँ
बस वही चुनौतियों को जी सका

जल्द गढ़ना है पटल पे वक़्त के
इक नया इतिहास मैं हारा नहीं हूँ
जीत की है आस मैं हारा नहीं हूँ।

जाने पाँव रुकें किस ठौर

जाने पाँव रुकें किस ठौर

रात–दिवस में, धूप–छाँव में
बस्ती–बस्ती, नगर, गाँव में
मंज़िल–मंज़िल, द्वारे–द्वारे
डगर–डगर फिरते बंजारे

भटक रहे दिन रात सँभाले
जीवन की साँसों की डोर
जाने पाँव रुकें किस ठौर

तन, मन, पथ की धूल सजाये
अडिग सफ़र की धूनी रमाये
बनकर जैसे इक संन्यासी
खोज रहे कब काबा, काशी

पथ का सूरज ढूँढ रहे हैं
पाने को ख़्वाबों की भोर
जाने पाँव रुकें किस ठौर।

कब तक धीर धरे मन मेरा

कब तक धीर धरे मन मेरा

चाह मिलन की लिए नयन में
हमने सदियों राह निहारी
आस लिए खिड़की पे बैठे
हमने तन्हा उम्र गुज़ारी

तरस रहा है आलिंगन को
प्यार भरी बाँहों का घेरा
कब तक धीर धरे मन मेरा

चाँद–प्रतीक्षा में कब से हैं
गुमसुम–गुमसुम नभ के तारे
इक नदिया की राह तके हैं
कब से व्याकुल खड़े किनारे

निशा विरह की बीते बैरी
आये जल्दी मिलन सवेरा
कब तक धीर धरे मन मेरा।

दरिया हूँ बहता रहता हूँ

दरिया हूँ बहता रहता हूँ

निर्झर अविरल धार लिए हूँ
अम्बर सा विस्तार लिए हूँ
मुझसे ये रफ़्तार ना छीनो
जीने का अधिकार ना छीनो

मैं राही अनजान सफ़र का
अपनी ही धुन में रहता हूँ
दरिया हूँ बहता रहता हूँ

गति में ही संसार छिपा है
इस जीवन का सार छिपा है
ये बंधन के तार ना बाँधो
पैरों में दीवार ना बाँधो

मुझे निरन्तर बहते जाना
खुद में ही डूबा रहता हूँ
दरिया हूँ बहता रहता हूँ।

ओ रे मन!

ओ रे मन! अब गीत गाता क्यूँ नहीं है
प्रीत के उत्सव मनाता क्यूँ नहीं है

क्यूँ नयन में अश्रु का दरिया छुपाये घूमता है
ख़्वाब, चाहत, प्यार, ग़म क्या–क्या छुपाये घूमता है
वो महज़ कुछ स्वप्न का संगम है और कुछ भी नहीं
तू जो ख़ुद में प्यार की दुनिया छुपाये घूमता है

झर रहे हैं अश्क पलकों से निरन्तर
धीर नैनों को बँधाता क्यूँ नहीं है
ओ रे मन! अब गीत गाता क्यूँ नहीं है

मानता हूँ मैं तुझे कुछ ग़म मिले हैं
दर्द, आँसू, आह, टूटन, पीर के संगम मिले हैं
पर तू ही कह दे बिना इस पीर की सौग़ात पाये
इस जहां में कब किसी को प्यार के मौसम मिले हैं

है अगर जो राह में ग़म के अँधेरे
आस के दीपक जलाता क्यूँ नहीं है
ओ रे मन! अब गीत गाता क्यूँ नहीं है।

है सफ़र अनजान फिर भी

है सफ़र अनजान फिर भी चल रहा हूँ रात दिन
लग रहा है जैसे ख़ुद को छल रहा हूँ रात दिन

हों भले परिणाम कुछ भी पर नए सपने सजाऊँ
मन ये कहता है कि मैं हर हाल में मंज़िल को पाऊँ
ले मुझे जाना है इस आगाज़ को अंजाम तक
ये नहीं मुमकिन कि आधी राह से ही लौट जाऊँ

इक दीया हूँ आँधियों को खल रहा हूँ रात दिन
है सफ़र अनजान फिर भी चल रहा हूँ रात दिन

मंज़िलों से बेख़बर कब राह अपनी जान पाया
वक़्त की साज़िश से ख़ुद को हर घड़ी अनजान पाया
मुश्किलें आसानियों में ढल गयीं सब एक पल में
जिस घड़ी डर भूलकर मैं कर्म पथ पहचान पाया

हार के ललाट जीत मल रहा हूँ रात दिन
है सफ़र अनजान फिर भी चल रहा हूँ रात दिन।

गुमसुम क्यों बैठे हो राह में!

गुमसुम क्यों बैठे हो राह में छोड़ो अब किस्सा कल का
मुस्कानों से करो अभिनन्दन आने वाले हर पल का
गुमसुम क्यों बैठे हो राह में

तुमने जब–जब मन में ठानी सैलाबों को पार किया
आशाओं के तीर चलाकर हर दुःख का संहार किया
नई सफलता गढ़ी है तुमने जब से ख़ुद को जाना है
दुःख सुख दोनों को अपना कर अपना पथ पहचाना है

पतन करो डर के रावण का चीरो सीना रणथल का
मुस्कानों से करो अभिनन्दन आने वाले हर पल का
गुमसुम क्यों बैठे हो राह में

चाँद सा शीतल हो अपना मन, चमकें सूरज से ज़्यादा
छूलें चाहें आसमान पर भूलें ना हम मर्यादा
रहें सदा फूलों सा खिलकर, मन की द्वेष भावना छोड़ें
नफ़रत के चोले तजकर हम, प्रेममयी चादर को ओढ़ें

कोई मोल नहीं होता है, आँखों के खारे जल का
मुस्कानों से करो अभिनन्दन आने वाले हर पल का
गुमसुम क्यों बैठे हो राह में।

तुझको दूर बहुत है जाना

कायरता की अभिव्यक्ति है
मंज़िल से पहले रुक जाना
उठ! क्यों माने हार मुसाफ़िर
तुझको दूर बहुत है जाना

माना कि अनजान डगर है
पर ख़ुद पे विश्वास अगर है
हर मुश्किल का हल मिलता है
क्यों तुझको विपदा का डर है

पीर लिए अँधियार मिले तो
पग–पग साहस दीप जलाना
उठ! क्यों माने हार मुसाफ़िर
तुझको दूर बहुत है जाना

दुनिया की तस्वीर अलग है
सबकी अपनी पीर अलग है
अपनी–अपनी राह सभी की
और सबकी तक़दीर अलग है

उसने ही इतिहास रचा है
जिसने ख़ुद को है पहचाना
उठ! क्यों माने हार मुसाफ़िर
तुझको दूर बहुत है जाना

सपनों को आधार मिला है
क्षण–क्षण इक त्यौहार मिला है
श्रम से ही तो कल्पनाओं की
मूरत को आकार मिला है

सहज नहीं मिलता राही को
मंज़िल का अनमोल ख़ज़ाना
उठ! क्यों माने हार मुसाफ़िर
तुझको दूर बहुत है जाना

बेशक छाये घना कुहासा
टूट ना पाये मन की आशा
व्यर्थ हो रहा विचलित पथ से
व्यर्थ सताये तुझे निराशा

बिना करे कोशिश राहों की
कठिनाई से क्या घबराना
उठ! क्यों माने हार मुसाफ़िर
तुझको दूर बहुत है जाना।

वक़्त के साँचे में ढल रहा हूँ

वक़्त के साँचे में ढल रहा हूँ
फिसल रहा हूँ, संभल रहा हूँ

धुँधली सी पहचान है बेशक
सब राहें अनजान हैं बेशक
मन में ये विश्वास प्रबल है
कोशिश हर मुश्किल का हल है

श्वांस–श्वांस संघर्ष सँजोकर
अपनी क़िस्मत बदल रहा हूँ
वक़्त के साँचे में ढल रहा हूँ

साज़िश भरे समय के छल में
रिश्ते बदल रहे पल–पल में
कौन सफ़र में संग चल पाया
किसने किसका साथ निभाया

पग–पग थी बाधाएँ किन्तु
मैं कर्म–पथ पर अटल रहा हूँ
वक़्त के साँचे में ढल रहा हूँ।

पीर किसी से कब कहता हूँ

पीर किसी से कब कहता हूँ
आस लगाये जिधर गया हूँ
तिनका–तिनका बिखर गया हूँ
इतने आघातों को सहकर
सच तो ये है निखर गया हूँ

पग–पग सारी चोटें हँसकर
पत्थर सा सहता रहता हूँ
पीर किसी से कब कहता हूँ

चेहरे पर चेहरों को ओढ़ें
ग़म से मन का नाता जोड़ें
दुनिया के झूठे हमराही
बीच सफ़र में तन्हा छोड़ें

मैं एकाकी जीवन पथ पर
आस लिए चलता रहता हूँ
पीर किसी से कब कहता हूँ।

सफ़र संघर्ष का

गीत संग–संग वेदना के गुनगुनाता कौन है
जब सफ़र संघर्ष का हो साथ आता कौन है

रब मेहरबाँ और जिसके ख़ुशनुमा हालात हैं
सिर्फ़ उसके ही समर्थन में खड़े सब हाथ हैं
है समय बलवान जिसका जग उसी के साथ है

डूबते सूरज को बोलो जल चढ़ाता कौन है
जब सफ़र संघर्ष का हो साथ आता कौन है

कौन आता है मदद को शूल हों जब पाँव में
कौन किसके काम आता ज़िन्दगी के गाँव में
सब निभाने साथ आते बस सुखों की छाँव में

हो कठिन जब दौर तो रिश्ते निभाता कौन है
जब सफ़र संघर्ष का हो साथ आता कौन है।

जीत है समक्ष हौसला करो

जीत है समक्ष हौसला करो
जीत है समक्ष हौसला करो
मुश्किलों को राह में
ना देखकर डरा करो
जीत है समक्ष हौसला करो

दिख रहा है पथ जो ये उजास का
ये सिला है मंज़िलों की प्यास का
कोशिशों को, तम ना रोक पायेगा
दीप जल रहा अभी भी आस का
थरथराती हो भले लौ
दीप सा जला करो
जीत है समक्ष हौसला करो

कौन जी रहा किसी के वास्ते
हैं जुदा–जुदा सभी के रास्ते
उम्र को ना यूँ रुदन पे खर्च कर
ज़िंदगी है ज़िंदगी के वास्ते
शूल सा स्वभाव छोड़
फूल सा खिला करो
जीत है समक्ष हौसला करो।

वक़्त के जो साँचे में ढला ना हो
कोशिशों की राह पे चला ना हो
वो भला क्या मंज़िलों को पायेगा
यार जिसके पास हौसला ना हो

बिन लड़े ही हार का
ना यार फ़ैसला करो
जीत है समक्ष हौसला करो

हौसलों का ज्वार तन में शेष है
शौर्य की पुकार मन में शेष है
हिमशिखर जूनून का गला नहीं
सूर्य आस का अभी ढला नहीं

डर की कालिमा में डूबे
तम से फ़ासला करो
जीत है समक्ष हौसला करो

ना जीता ना हारा मन

ना जीता ना हारा मन, नभ से टूटा तारा मन
बस्ती–बस्ती घूम रहा, बन कर इक बंजारा मन

सब कुछ हँस कर सहता है, तन्हा–तन्हा रहता है
इक दरिया आँसू का है, जो भीतर–भीतर बहता है
बीज ग़मों के बो बैठा, सुध–बुध अपनी खो बैठा
पल–पल आँसू पी–पी कर, हो बैठा है खारा मन

जाने क्या है रोग इसे, इक पल भी आराम कहाँ
ना रुकता इक ठौर कहीं, अभी यहाँ था अभी वहाँ
पूर्ण स्वप्न की प्यास लिए, सुख के दिन की आस लिए
ढूँढ रहा बेगानों में, अपना एक सहारा मन

सावन फीका–फीका है, मधुवन नहीं लुभाते हैं
भीड़ में गुमसुम रहता है, तन्हा लम्हे भाते हैं
इक पल भी ना राहत है, अनजानी सी चाहत है
हर पल एक सदी सा है, कैसे करे गुज़ारा मन।

ज़रा सा विश्वास करो

ऐसे बैठो ना सफ़र में उदास, ज़रा सा विश्वास करो
गढ़ना है जो नया इतिहास, ज़रा सा विश्वास करो

हाथों की लकीरों के भरोसे ना रहो
कर्म बिन फल नहीं पायेगा कोई
ख़ुद हौसलों से फ़ासले मिटाइये
मंज़िलों की राह ना दिखायेगा कोई
उजियार में तो मीत लाख मिलेंगे
अँधियार में ना साथ आएगा कोई

पूरी हो जाएगी मंज़िलों की प्यास, ज़रा सा विश्वास करो
ऐसे बैठो ना सफ़र में उदास, ज़रा सा विश्वास करो

वक़्त की ये आँधियाँ ना तोड़ दें कहीं
काँच के हैं ख़्वाब ये सँभाले रखिए
ग़म के अँधेरों को निगल जायेंगे
पहलू में आस के उजाले रखिए
कठिनाई के जो अँधियार चीर दें
कोशिशों की मन में मशालें रखिए

मिल जायेंगे परों को आकाश, ज़रा सा विश्वास करो
ऐसे बैठो ना सफ़र में उदास, ज़रा सा विश्वास करो।

मीत मेरे मुस्काते रहना

आँगन दीप जलाते रहना
मीत मेरे मुस्काते रहना

दुनिया एक मुसाफ़िरख़ाना
छोड़ सभी को इक दिन जाना
कौन समय को बाँध सका है
कल क्या होगा किसने जाना

दुःख के बादल छँट जायेंगे
गीत ख़ुशी के गाते रहना
मीत मेरे मुस्काते रहना

मैं जैसे आँखों का पानी
पल दो पल की मेरी कहानी
कल इक रोज़ बिछुड़ जाऊँगा
देकर यादों की गुड़धानी

विपदाओं से ना घबराना
मन को धीर बँधाते रहना
मीत मेरे मुस्काते रहना।

सुख के पनघट से

जिनकी मन वसुधा को, सच्चे प्रेम जलद का मोल पता हो
बस वो ही सुख के पनघट से अपनी गागर भर पाते हैं

दीप जलाने होंगे पग–पग तभी रौशनी मिल पायेगी
श्रम–जल से सींचोगे तो ही सुख की कलियाँ खिल पायेंगी
सिर्फ़ ख़यालों में चाहने से, कब होता है हासिल कुछ भी
जिनको सच्ची प्यास स्वरों की वंशी वही अधर पाते हैं

संभव और असम्भव क्या है, करने को संवाद बहुत हैं
'अरे सफलता नहीं भाग्य में' ऐसे भी अपवाद बहुत हैं
लेकिन शब्द असम्भव उनके शब्दकोष में कब होता है
मेहनत करने वाले जो भी चाहें हासिल कर पाते हैं

स्वप्न पूर्ण की चाह अगर है पल–पल आगे बढ़ना होगा
बस ये ही इक मंत्र जीत का ख़ुद ही ख़ुद से लड़ना होगा
जाने कितने राही यूँ तो मंज़िल का पथ खोज रहे पर
जो मंज़िल को पूर्ण समर्पित, राही वही डगर पाते हैं।

ओ रब्बा सुन ले सदाएँ

ओ रब्बा सुन ले सदाएँ, मेरे दिल की दुआएँ
ओ रब्बा मेरी वंदगी का इतना दे सिला
हर इक धड़कन पुकारे, समझ दिल के इशारे
ओ रब्बा मेरी ज़िन्दगी को मुझसे दे मिला

जीना चाहूँ तेरे लिए, तुझे बाँहों में लिए
तुझसे ही हर ख़ुशी साथिया
तेरी जो मिलें चाहतें, दिल को हों राहतें
तुझसे ही आशिक़ी साथिया

दर्द से जोड़ा है तूने वास्ता
तू ही दिल का है सुकूँ आराम तू
तुझसे ही जुड़ता मेरा हर रास्ता
मेरे हर आगाज़ का अंजाम तू
तू भी धुन चाहत की मेरी गुनगुनाए
ओ रब्बा सुन ले सदाएँ।

मैं अँधेरों में घिरने लगा हूँ

मैं अँधेरों में घिरने लगा हूँ, कर दो थोड़ा सा उजियार दाता
बीच भँवरो में जीवन की नईया, अब लगा दो इसे पार दाता

भूल बैठा हूँ मंज़िल की राहें
पथ से भटका हुआ फिर रहा हूँ
सुःख की घड़ियाँ नज़र ही ना आयें
ग़म की आँधी से यूँ घिर गया हूँ
एक ख़ुशियों का सूरज उगा दो तो मिटे ग़म का अँधियार दाता
मैं अँधेरों में घिरने लगा हूँ, कर दो थोड़ा सा उजियार दाता

बस यही प्रार्थना है, करम की
इक नज़र आज मुझ पर भी कर दो
जाने कितनों की क़िस्मत सँवारी
मेरी झोली भी ख़ुशियों से भर दो
आस ले मन में सर को झुकाए, हम खड़े हैं तेरे द्वार दाता
मैं अँधेरों में घिरने लगा हूँ, कर दो थोड़ा सा उजियार दाता।

होली के त्यौहार में

घोल रहा है फागुन सोंधी–सोंधी गंध बयार में
प्रेम नीर घन बरस रहे हैं, होली के त्यौहार में

रंग डालूँगा डर से गोरी
दिन भर हमसे दूर रही है
साँकल द्वार लगा कर देखो
छत से हमको घूर रही है

लेकिन हामी भरी हुई है गोरी के इंकार में
प्रेम नीर घन बरस रहे हैं होली के त्यौहार में

सब रंगों में रंगे हुए हैं
कोई आज बड़ा ना छोटा
इक दूजे पर रंग मिला जल
डाल रहे हैं भर–भर लोटा

बूढ़े भी बन गये जवां हैं, मस्ती भरे ख़ुमार में
प्रेम नीर घन बरस रहे हैं, होली के त्यौहार में

ठंडाई का भोग लगा कर
डगमग–डगमग घूम रहे हैं
झूम रहा है ये जग सारा
या फिर हम ही झूम रहे हैं

कोई यार सँभालो हम हैं, डूब रहे रसधार में
प्रेम नीर घन बरस रहे हैं, होली के त्यौहार में

मिला रहा है मन से मन को
चाहत भरा गुलाल झूम कर
चिढ़ा रहा है हमको बैरी
हर गोरी के गाल चूमकर

हम बेचारे खड़े मोड़ पर, ठगे हुए से, प्यार में
प्रेम नीर घन बरस रहे हैं, होली के त्यौहार में।

माँ

माँ जननी है, जीवन है, ईश्वर का अवतार है
माँ दुःख के मरुस्थल में ख़ुशियों की बौछार है

माँ स्नेह है, नेह है, प्रीती है, अनुरक्ति है
माँ दुर्गा है, काली है, सर्वज्ञापी शक्ति है

माँ गीता है, रामायण है, सारे ग्रंथों का सार है
माँ चारों धामों की डगर है, मुक्तियों का द्वार है

माँ अर्चना है, वंदना है, ईश की आराधना है
माँ की सच्ची सेवा ही परमात्मा की साधना है

माँ सूत्रधारणी जगत की, सृष्टि का विस्तार है
माँ दुआओं का जहां, आशीष का भण्डार है

माँ बच्चे के माथे पे काजल का टीका है
माँ बिन सफलता अधूरी है, हर रंग फीका है

माँ हिम्मत है, हौसला है, शाबाशी है
माँ ही सारे तीरथ है, काबा है, काशी है

माँ ही सारी जन्नतें, माँ ही वैकुण्ठ धाम है
माँ रोते हुए बच्चे की मुस्कराहट का नाम है

माँ निंदिया है, लोरी है, मीठी सी फटकार है
माँ की सेवा ईश का सबसे बड़ा सत्कार है

माँ संग हो तो सफलताएँ क़दम चूमती हैं
आँगन गुनगुनाते हैं, दीवारें झूमती हैं

जिनके पास माँ है, माँ की ममता की शोहरत है
उनके पास दुनिया की सबसे बड़ी दौलत है

अपने गीत का अर्पित उन्हें हर सुमन करता हूँ
मैं संसार की सभी माँओं को नमन करता हूँ।

माँ जैसा कौन होगा

दुनिया के सारे रिश्ते बस सुख में साथ आते
दुःख में बस एक साथी, माँ जैसा कौन होगा
दुःख के नगर में खोये, जीवन के इक पते पर
माँ जैसे सुख की पाती, माँ जैसा कौन होगा

वो बीस तक पहाड़े और सौ तलक की गिनती
जब तक नहीं सुनाता, सुनती ना कोई विनती
ख़ुद कम पढ़ी थी लेकिन इंग्लिश के मेरे लैसन
ख़ुद पढ़ के फिर पढ़ाती, माँ जैसा कौन होगा

करता था मैं शरारत और ख़ूब मार खाता
पापा से सब कहूँगा धमकी से फिर डराता
लड़कर मैं सो गया तो मुझे प्यार से जगाकर
खाना मुझे खिलाती, माँ जैसा कौन होगा

तंगी हो घर में या फिर दुःख कोई ख़ुद ही सहती
मैं लाख पूछता पर मुझसे ना कुछ भी कहती
घुटती थी मन ही मन में, सब ठीक है जताती
दुःख में भी मुस्कुराती, माँ जैसा कौन होगा

जब नौकरी लगी तो रुख़ ज़िन्दगी ने मोड़ा
रोई बहुत थी छुपकर जब गाँव मैंने छोड़ा
जब फ़ोन पर मैं उसको 'ख़ुश हूँ मैं' ये बताता
दुःख अपने भूल जाती, माँ जैसा कौन होगा।

पिता जी

ख़ुशियों की बौछार पिता जी
जीवन का आधार पिता जी
जग ये घने अँधेरे जैसा
सूरज सा उजियार पिता जी

दुःख के मौसम जब भी आते
तुम सर पे साया बन जाते
चट्टानों सा अड़ जाते थे
हालातों से लड़ जाते थे

सबके सुख दुःख की घड़ियों में
हर दम तुम तैयार पिता जी
माने कब तुम हार पिता जी

नई नित्य थी चाह सभी की
थी तुमको परवाह सभी की
सबके जितने भी सपने थे
सब लगते तुमको अपने थे

हर सम्भव कोशिश करते और
सब करते साकार पिता जी
कब करते इंकार पिता जी

उलझन को सुलझाना सीखो
ग़म में भी मुस्काना सीखो
बेशक हो आँखों में पानी
लिक्खो अपनी अलग कहानी

क्या है सही राह पहचानो
समझाते हर बार पिता जी
ज्यों गीता का सार पिता जी

है सबकी पहचान तुम्हीं से
जीवन है आसान तुम्हीं से
हर सपने की आस तुम्हीं हो
पंछी हम आकाश तुम्हीं हो

घर के पालनहार पिता जी
तुम प्रभु का अवतार पिता जी।

पत्र शहीदों के नाम

हे भारत के शहीदों है तुम्हें शत–शत नमन मेरा
किये तुमने बिना स्वारथ बहुत अहसान हम पर हैं
बिना बंदिश, बिना पहरे, ख़ुशी से जी रहे जो हम
ये आज़ादी के सब लम्हे, तुम्हारे ही तो दम पर हैं

किया सर्वस्व अर्पण जब वतन पर आँच आई तो
दिया बलिदान जो तुमने भुलाया जा नहीं सकता
लगा दी जान की बाज़ी हमारी जान की ख़ातिर
तुम्हारा क़र्ज़ चाह के भी चुकाया जा नहीं सकता

कभी भी जब वतन की आबरु पर आँच आई तो
कभी भी ना दिया खोने, है जो सम्मान भारत का
तुम्हीं ने तो लहू देकर के सींचा इस चमन को है
बढ़ाया है तुम्हीं ने तो जहां में मान भारत का

सुरक्षित है तुम्हारे हाथ हिंदुस्तान की कश्ती
ये बढ़ता जा रहा है शौर्य पथ पर देश तुमसे ही
तुम्हीं से है हिफ़ाज़त हिन्द की प्राचीर की सैनिक
मिला हमको है आज़ादी का ये परिवेश तुमसे ही

बड़ी मुश्किल से पायी है धरा आज़ाद भारत की
हमारा फ़र्ज़ है इसको यूँ ही आबाद हम रक्खें
चढ़ाये हैं जिन्होंने शीश भारत माँ के चरणों में
कि उन बेटों को भारत के हमेशा याद हम रक्खें

बढ़ेंगे साथ सब मिलकर हमेशा कर्मपथ पर हम
वतन के शौर्य का ये रथ कभी रुकने नहीं देंगे
पटल पर विश्व के तुमने रखा ऊँचा तिरंगे को
हमें सौगंध है इसको कभी झुकने नहीं देंगे।

मेरे देश में

प्रीत की ठंडी फुहारें, उत्सवों की हैं कतारें
आके आँगन में गिरें हैं, मस्त रिमझिम सी बहारें
मिलते भगवान यहाँ वन्दगी के वेश में
हाँ मेरे देश में

लाखों मीठे से तराने, गीतों ग़ज़लों के ख़ज़ाने
सच्चा संगीत यहाँ है, हार में जीत यहाँ है
बातें मिश्री की गोलियाँ, मीठी भाषा व बोलियाँ
राम–दर्शन की, पीर की, वाणी तुलसी–कबीर की
ऐसी सौग़ात नहीं और किसी देश में
हैं मेरे देश में

सुर है, सरगम है, तान है, ग्रंथ हैं और पुराण हैं
ऋषि–मुनियों की धरा है, ज्ञान कण–कण में भरा है
दिव्य परिवेश यहाँ पे, गीता–उपदेश यहाँ पे
यहाँ ही जन्मे श्याम हैं, मिलते कण–कण में राम हैं
मिलेंगे राम यहीं कृष्ण किसी भेष में
हाँ मेरे देश में

ताज़ एक प्रेम निशानी, गुड्डे गुड़ियों की कहानी
मीठी गुजिया है खीर है, गंगा जमुना का नीर है
ज्ञान विज्ञान योग है, सारे धर्मों के लोग हैं
प्यार शिकवों में गिलों में, और तिरंगा है दिलों में
ऐसे जज़्बात अगर हैं जो किसी देश में
तो मेरे देश में।

भारत के जैसा कोई देश नहीं है

भारत की आन, बान, शान की क़सम
शौर्य पूर्ण राष्ट्र स्वाभिमान की क़सम
गुरु–वाणी, आरती, अज़ान की क़सम
ग्रंथ–वेद, गीता औ कुरान की क़सम
पौरुष से भरे यशगान की क़सम
शहीदों के दिए बलिदान की क़सम
दुनिया में ऐसा परिवेश नहीं है
भारत के जैसा कोई देश नहीं है

सभ्यता का पाठ है पढ़ाया हिन्द ने
सत्यता का मर्म भी बताया हिन्द ने
दुनिया को योग सिखलाया हिन्द ने
विश्व गुरु बन के दिखाया हिन्द ने
जीवन का सार समझाया हिन्द ने
मानव को मानव बनाया हिन्द ने
गीता ब्रह्म ज्ञान उपदेश यहीं है
भारत के जैसा कोई देश नहीं है

ये धरा है संत, मुनि, पीर की धरा
नदी, ताल, सागरों के तीर की धरा
दीप–पर्व, होलिका, अबीर की धरा
गंगा–यमुना के पाक नीर की धरा

मीरा बाई, नानक, कबीर की धरा
राम–कृष्ण, बुद्ध, महावीर की धरा
गुरु, ब्रह्मा, विष्णु, महेश यहीं हैं
भारत के जैसा कोई देश नहीं है

उत्तर में कश्मीर की हैं घाटियाँ
शोभित हैं जन्नत सरीखी वादियाँ
पश्चिम में गौरव के प्रतिमान हैं
देश प्रेम माटी में ही विद्यमान है
पूर्व में लोक सभ्यता का उद्‌गम
दक्षिण में सागर हैं चूमते कदम
स्वर्ग जो धरा पे कहीं है तो यहीं है
भारत के जैसा कोई देश नहीं है

आज एक पावन ये काम कीजिए
देश के शहीदों को सलाम कीजिए
जिनकी वजह से आज़ादी का पर्व है
स्वाभिमानी भारतीयता पे गर्व है
दासता से मुक्त हमको जो कर गये
दाग जो गुलामी वाले धोकर गये
त्याग का उन्होंके सन्देश यही है
भारत के जैसा कोई देश नहीं है।

मुझको याद किया जाएगा

मुझको याद किया जाएगा
काव्य मधु में डूबा प्याला
उर में छलक रही है हाला
गीत छंद कविता के रस की
भीतर मेरे इक मधुशाला

काव्य–कलश से जब भी प्रियतम
मधु का जाम दिया जाएगा
मुझको याद किया जाएगा

तुमको मीत बनाया मैंने
गीत ग़ज़ल में गाया मैंने
इसको मैं सौभाग्य कहूँगा
साथ तुम्हारा पाया मैंने

जब भी बातों–बातों में
प्रिये का नाम लिया जाएगा
मुझको याद किया जाएगा।

गीत मेरे!

गीत मेरे! तुमको पाकर के
सँवर गया है जीवन मेरा

था ये दिल वीरान कितना
प्यार से अनजान कितना
साथ तुम हो तो हुआ है
ये सफ़र आसान कितना

प्यार भरे नग़में गा गाकर
निखर गया है जीवन मेरा
गीत मेरे! तुमको पाकर के

गरज पड़ी जब तुम्हें पुकारा
है मुझ पर अहसान तुम्हारा
जब सबने मुँह फेर लिया तब
तुमने मुझको दिया सहारा

दुनिया की झूठी ख़ुशियों से
मुकर गया है ये मन मेरा
गीत मेरे! तुमको पाकर के

हाथों में ले हाथ डगर में
बस्ती–बस्ती, गाँव, नगर में
मुझको छोड़ कहीं मत जाना
रहना हर दम साथ सफ़र में

जब से तुम आये ख़ुशियों से
महक रहा घर आँगन मेरा
गीत मेरे! तुमको पाकर के

जब आयी बासंती बेला
व्याकुल ये मन रहा अकेला
तुम आये तो रोज़ लगे है
द्वारे पर ख़ुशियों का मेला

तुमने आकर मुस्कानों से
जोड़ दिया है बंधन मेरा
गीत मेरे! तुमको पाकर के।

द्वार पर हैं गीत आये

द्वार पर हैं गीत आये
साथ लिए मधुरिम सौग़ातें
ख़ुशियों की भीनी बरसातें
जैसे बरसों पहले बिछड़ा
लौट कर मनमीत आये
द्वार पर हैं गीत आये

अभिनन्दन सौ बार तुम्हारा
ये तो है सौभाग्य हमारा
प्यार की बाज़ी में ख़ुद को
हार कर भी जीत आये
द्वार पर हैं गीत आये

ख़त तुम्हारे नाम कितने
थे लिखे पैग़ाम कितने
कब से बेसुध खड़े हुए हैं
राह में पलकें बिछाये
द्वार पर हैं गीत आये

दीप आँगन में जलाओ
प्रीत के उत्सव मनाओ
आज आँसू से कहो
वो राह से ही लौट जाये
द्वार पर हैं गीत आये

www.ingramcontent.com/pod-product-compliance
Lightning Source LLC
LaVergne TN
LVHW100559051026
849519LV00003B/1028
* 9 7 8 9 3 8 5 1 9 3 5 6 9 *